鋭い感覚が身体を走り抜けて、
こらえきれずに嬌声が上がる。
耳殻を甘噛みされ、また、肩が跳ねた。

破婚の条件 溺愛の理由《わけ》

宇佐川ゆかり

Yukari Usagawa

Ever
Princess

CONTENTS

破婚の条件　溺愛の理由《わけ》

Ever Princess

プロローグ

結婚式に夢を抱いていなかったと言ったら嘘になる。

派手なパーティーを開いてほしいとまでは言わないけれど、きちんと花嫁衣装に身を包んで、司祭様の前で誓いを立てて、家族の祝福を受けたかった。

だが、現実はそんなに甘くはなかった。家族の祝福こそあれ、誓いも花嫁衣装もない。

(……ルシアーノ様は、私の顔すら知らないのでしょうね、きっと)

一応、正式の手順は踏んでいるはずだ。夫となる人から求婚の手紙が届き、父はそれに承諾の返事をした。書類もその時点で完璧に整えられていて、後はティアがサインするだけとなっていた。

義母となった人に促され、先ほど、婚姻届にはサインをした。義母がそれを王宮に提出しにいくと言っていたから、今日中にティアの婚姻は成立するはずだ。

結婚したとはいえ、夫とは一度も顔を合わせていない——なぜなら、彼は遠い戦地にいるからだ。帰国までどれほどかかるのかはわからないけれど、彼が戻ってくるまでの間この家と財産を守るのがティアの役目だ。

(侯爵夫人になった、と言われても実感がわかない……何日かしたら慣れるのかしら)

部屋の中央に立ち尽くしたティアは、自分に与えられた部屋の中を見回した。

天蓋付きのベッド、書き物机。ティアの生家とはまるで違う豪奢な品々に囲まれていると落ち着かない。

　壁に作られたクローゼットを開いてみれば、何着かのドレスが吊されている。これは、ティアのために義母が用意してくれた品だ。品質のよい衣装は普段用のものか、昼間の招待に着用するもので、夜の社交の場にふさわしいドレスは用意されていなかった。

（ルシアーノ様がお戻りになるまでは、あまり外出しないようにと言われているし、これだけあれば十分よね）

　生家がさほど裕福ではないということもあり、華やかな場には縁がなかった。侯爵家に嫁いだとはいえ、夫抜きでそういった場に顔を出すのは正直気がひける。

　女性服の流行はシーズン単位でめまぐるしく変わるから、夜の外出に適したドレスがないのは無駄遣いするなという義母の意思の表れなのだとティアは判断した。

（ルシアーノ様がお戻りになるまでどのくらいかかるかわからないし、必要になってから作ればすむものね。侯爵家ともなると、家計の管理もしっかりしているのだわ）

　義母の経済観念に感心しながら、クローゼットの扉を閉じる。

　ティアの視線が、今度は書き物机に向かった。紋章入りの便せんと封筒、さらにペンが用意されている。いつでも手紙が書けるようにという配慮なのだろう。

（お手紙、書いた方がいいわよね……きっと）

　義母は週に一度、ティアの夫となった人に手紙を出しているという。頼めば、ティアの手紙も一緒に送ってもらえるはず。

（『お家のことはきちんとやっています』って書いて……それから、どうしようかしら。自己紹介をした方がいいの？）

何しろ夫と顔を合わせたことはない。だから、机に向かったはいいものの、適切な言葉が出てこなかった。きちんと礼節を守った手紙を書くべきだというのは十分わかっているのに。

書くべきことを整理して、ようやく短い手紙を書き上げたのは、それから二時間後のことだった。

親愛なるルシアーノ様

結婚したのですから『ルシアーノ様』とお名前でお呼びしてもよろしいでしょうか。お会いしたこともないのに、親愛なるというのは少し変かもしれませんね。本日、無事に婚姻届の提出が終わったことをご報告させていただきます。

お義母様は大変よくしてくださって、まるで生まれ育った家のような気持ちで過ごさせていただいています。ルシアーノ様にふさわしくなれるように、一生懸命努力いたします。

戦地の状況はよくないと聞いております。どうか、ルシアーノ様が無事にお戻りになりますように。お身体にはお気をつけください。

ここまで書いたところでティアの手は止まってしまう。最後に、何を書けばよいのだろう。『愛を込めて』はこの場合ふさわしくないような気がする。愛を込めるも何も、ティア自身は彼を遠くから見たことはあるだけだし、彼の方はティアの顔さえ知らないだろう、きっと。

（求婚してきたのだから、ひょっとするとどこかで私を見かけたことくらいはあるのかもしれないけど……）

今回の結婚だって、両家にとって好都合だったから成立したものであることくらい、十六にもなればわかる。

（親が決めた相手とでも愛し合うことができる、っていうのはモニカを見ていればわかるけれど、私とルシアーノ様は、そんな関係になれるのかしら）

親の決めた縁談で、二十も年の離れた男性のところへ嫁いでいった友人の顔を思い出す。「親が決めた相手とだって、幸せになれると思うわ」と、つい先日会った彼女は微笑んでいた。

（そうね……お互いに尊敬できるような関係になれれば……、ってそれも難しいかしら）

何しろ彼はティアより七歳も上なのだ。そんなに年の離れた相手に尊敬してもらうのは少々難しいかもしれない。

結局、余計な言葉はつけずに『ティアより』とだけ書いた手紙を、義母に託したのは翌日のこと。

それから半年の間、何度も義母の手紙と一緒にティアの手紙も送ってもらったけれど、返事が来ることは一度もなかった。

第一章　破婚の契約

ティアのところにその知らせがもたらされたのは、夫の顔を見ないままの結婚生活が始まって、もうすぐ一年半がたとうかという頃だった。

「戦争が終わった？　では、ルシアーノ様はすぐにお帰りになるの？」

使用人に問えば、彼女はにこりとして「十日以内にお戻りになるそうです」と返してくる。

ティアの暮らすエルランド王国は、海運業の盛んな大国である。そのために海軍が国内で非常に重要視されていて、貴族男子ならば一度は海軍に身を置くのが当然という風潮もあった。

ティアの夫ルシアーノ・バルレート――現シドニア侯爵――も、侯爵位を継ぐ前から海軍に所属していた。そのため、海を挟んだロルカ王国と戦争が始まった時に、当然のように出征していったのだという。

本来ならもっと早いうちに結婚を決めていなければいけなかったのだが、そこには複雑な事情があるという話も聞いていた。彼の身に何事もなく、終戦を迎えられたことにほっとする。

使用人の目の前だというのもかまわず、ティアは落ち着きなく、自分の姿を見下ろした。

(見苦しくないとは思うけれど……)

自分の身体から離れた視線が鏡へと向かい、控えめにティアはそう思う。まず目につくのは、豪奢な金髪だ。見事な輝きを持つその髪は、量も多く、わざわざこてをあてなくても、ちょうどいいカーブを描いてくれる。

長い睫に縁取られた瞳は、上質なエメラルドの色。滑らかな頬には、わざわざ紅をつけなくても健康的な赤みがさしている。ふっくらとした唇は、艶々として口づけを誘っているように見える、と評されたこともあった。

女性としては背が高いのだが、姿勢のよさがティアをより長身に見せている。豊かな乳房とコルセットをつけなくても十分細い腰。スカートの下に隠されてはいるが、脚も長く形がよかった。

ティア自身はせいぜい「悪くはない」と思っている程度だが、ありていに言ってしまえば、人目を惹く美女なのである。その気になれば、十分玉の輿が狙えると幼い頃から言われていたし、実際、普通なら嫁ぐことのできないような家に嫁いでいる。

ただ、ティアを見初めたのが夫ではない、というあたりが普通ではないのだが。

「……それで、私はどうすればいいのかしら？」

とりあえず見苦しくはないことを確認したティアは、使用人にたずねる。夫となる人を港まで出迎えればよいのか、それとも別の場所で待つべきなのか。

「奥様は、お屋敷でお待ちになるように、と大奥様のお言いつけでございます」

「……そう」

最初の挨拶が「お帰りなさいませ」ではなく「初めまして」になってしまおうとも、屋敷で待っているのではなくて、港まで迎えに行きたかった。迎えには行かず、屋敷で待っているようにという言いつけに、ようやく会えると思ってそわそわした気持ちが急激に沈んでいく。

（ルシアーノ様とお会いする前に、人前には出ない方がいいということなのかもしれないけれど……お出迎えもできないなんて、少し寂しい……お返事もくださらなかったくらいだから、私のことなんて気にしていないのかもしれないけれど）

結婚してからの一年半、彼は一度も手紙に返事をくれなかった。

一応義母への手紙には、ティアのことを気づかう言葉も記されていると義母からは聞いている。わざわざティアに返事を書くのが億劫《おっくう》なのだろうと思って、最初のうちは毎週書いていた手紙も、だんだん間が開いてしまっていた。

最後に彼に手紙を書いたのは半年前。それだって、彼にとってはティアの手紙が重荷なのかもしれないと思ったら、たった一行しか書けなかった。

（お帰りになったのなら、仲良くできないかしら……）

この時のティアは、自分の考えが甘すぎることなど気づいてはいなかった。

◇◆◇

知らせがもたらされてから一週間後。ティアは、どきどきしながらルシアーノの帰りを待っていた。

（お会いしたら、何を言えばいいかしら。ルシアーノ様とは「初めまして」になるわけだし……）

彼が出征した後に、顔も合わせないまま結婚するという不思議な形を取ることになってしまったのは、この国の法律が大きな理由だ。

貴族の相続においては、一家の主《あるじ》が死亡した時、財産を相続するのは子であって妻ではない。そして子から親への相続は基本的には許されていないのだ。

だから、財産を受け継いだ子供が、母の面倒を見るわけだ。この家においては、義母は息子であるルシアーノに養われる立場なのだとティアは聞かされていた。

さらにもう一つ、子が独身のまま死亡した場合、爵位と財産は国の預かりになるという決まりがある。それがルシアーノが出征する際に、大きな問題となったのである。この法にのっとれば、義母の生活が成り立たなくなってしまうのだ。

だが、何にでも例外というのは存在する。子供がいない場合、爵位は国の預かりとなるのだが、財産は妻が相続できる。つまり、ティアがルシアーノ――顔も見たことのない夫――の財産を継ぐことになるのだ。

さらに、妻が婚家を出て実家に帰る時は、その財産を残った身内が預かることができる。要は、ティアを経由して義母がシドニア侯爵家の財産を手中におさめるということになる。この場合、義母が死亡するまでの間、もしくは侯爵家の血筋の者がひょっこり現れるまでの間は、義母はシドニア侯爵家の財産を自由に使うことができるのだ。

ルシアーノに代わって、ティアを迎えたいと求婚の挨拶にきた彼女はこう言った。

「ルシアーノは、自分が早く結婚しなかったことを悔いていて、書類だけは整えていったんです。ですから――万が一のことがあったら、あなたは家を離れて、再婚なさればよろしいわ」

受け継いだ財と共に侯爵家にとどまっている間は、ティアに再婚の自由はないが、財産を義母に預けてから侯爵家を離れれば、再婚するのは自由だ。

当時、ティアの家は祖父が残した借金のために生活に困っていて、そこまで言われ、さらに「借金は全てこちらで肩代わりする」と付け加えられたら断る理由なんてなかった。もともと相手はティアの家よりはるかに身分が高く、申し込みがあっただけで光栄に思うべき話なのだ。

だから、提案を受け入れて嫁いできたのだが、まさか戻ってくるまで一度も手紙のやりとりすら発生しないとは、思ってもいなかった。こんな状況で顔を合わせて、どうしろというのだろう。

「どうしよう……なんてご挨拶したらいいのか……思いつかないわ」

自分の部屋でルシアーノの帰宅を待つティアはこっそりつぶやいた。

ティアの役目はルシアーノが戦死した時、財産が国に渡らないようにすること。無事に戻ってきたとなると、ティアの役目は終わりとなる。となれば、この先はどうなるのだろう。

(一度もお返事くださらなかったし……ひょっとしたら、手紙に何か気に障るようなことを書いてしまったのかも)

彼の帰りを待っているというのに、不安ばかりが大きくなってくる。もし、それで、顔を合わせる前に嫌われていたら、どう接すればいいのだろう。

落ち着きなく、部屋の中を行ったり来たりぐるぐると歩き回る。

(なんと言うべきかしら……やっぱり、お帰りなさい？　それとも、初めましてが正解なの？)

夫に向けるべき最初の一言がわからない。こういう時、頼りになるのは彼をよく知っている義母なのだろうが、彼女はさっさと港まで出迎えに行ってしまった。

(お義母様が家を出る前に聞いておくんだったわ……！)

後悔してももう遅い。足を止めて、ソファにすとんと腰を落とす。壁の時計を見上げれば、そろそろ戻ってきてもいい時刻だ。

やっぱり、だめだ。落ち着かない。ソファに落としたばかりの腰を上げて、今度は廊下へと出た。

二階の廊下には、侯爵家代々の肖像画がずらりと並んでいる。ルシアーノの肖像画はまだかけられていないのだが、先祖代々の肖像画の中に、彼に繋がる何かを探そうと、この一年半の間何度も眺めた。そうすることで、少しでも彼に近づけるような気がしていたのだ。

今まで何度もそうしてきたように並んだ肖像画を眺めていると、少しずつティアの心は落ち着きを取り戻してきた。

「奥様、旦那様のお帰りです」

使用人が遠慮がちに声をかけてくる。礼を言うのも忘れ、身を翻して小走りに玄関ホールに向かうと、彼はちょうど玄関の扉から入ってきたところだった。同じ馬車に乗っていたはずの義母の姿はまだ見えない。

（……お義父様の肖像画にそっくりだわ）

夫である人と初めて対面して、ティアはほれぼれと彼の姿を見つめる。

彼と直接顔を合わせたことはなかったけれど、遠くから見たことなら何度もあった。身分にも隔たりがあるし、結婚なんて期待していなかったが、素敵な人だと憧れに似た感情は抱いていた。

こうやって近くで見ると、ますます素敵な人だと思う。均整の取れた長身に、紺を基調とした軍服がよく似合う。暗い茶の髪は短めに揃えられていて、ヘーゼルの瞳は何事も見逃さないというように鋭い光を放っていた。

軍に身を置いているだけあって険しい表情をしているが、彼の顔立ちは文句なしに整っていた。こうして間近で見て、改めてそれを思い知らされる。

（……ようやく、ご挨拶することができる）

ティアが近づいてくるのに気がついた彼は、驚いたように目を見はる。

「君は、誰だ？」

「……わ、私」

たぶん「あなたの妻です」と言うべきなのだろうが、眉間に皺を寄せた彼の威圧感に圧倒されてしまい、言葉が喉に詰まったかのように出てこない。焦って、ただ、意味もなくスカートを握ったり離したりすることしかできなかった。そうしているうちに、玄関の扉がもう一度開かれ、ようやく義母がホールへと入ってきた。

「まあ、あなた達もう顔を合わせていたのね。ティア、挨拶はすませたのかしら？」

「いえ、お義母様……その」

ティアの口から出た『お義母様』という言葉に、ルシアーノの眉が上がる。

「義母上、彼女はあなたの決めた婚約者ですか」

「私の決めたあなたの妻だけれど？」

義母の言葉に、ティアを顎で示したルシアーノはますます険しい表情になった。

「あの、えっと……私……席を外した方がよろしいのでは……？」

どうやら二人の間で話が噛み合っていないようだ。自分が場違いのような気がして口を挟もうとすると、義母に手で制された。

「あなたがいつまでも結婚しようとしないから、私がお相手を見つけてきたのでしょ。言っておきますけど、もう手続きは全てすませてありますからね」

「家のことは心配するな、とおっしゃっていましたが、まさか、自分の知らない間に結婚させられているとは思いませんでしたよ」

ティアを睨むルシアーノの目が厳しさを増す。露骨に頬を膨らませた義母は、ぷいと顔を背けた。

「――だって、しかたがないでしょう？　それが嫌なら、出征前にきちんと結婚しておくべきだったのよ。家柄はともかく、気立てのよいお嬢さんであるのは保証するわ」

ティアを誉めてくれているように見せかけて、実際には家柄がよくないと、はっきり口にしている。下級貴族であるティアがこの屋敷に不釣り合いなのは事実だが、そう正面から口にされれば胸がずきりとした。

（理由はどうであれ……私は、望まれてこの家に来たと思っていたのに……なんだか、とんでもないことに巻き込まれているみたい）

気をきかせたのか使用人達はその場を立ち去っていて、ホールにいるのは三人だけだった。

「義母上――出征前に、あなたが困らないだけの準備はしておいたと思うのですが」

義母は、先代侯爵の後妻だ。ルシアーノとは血の繋がりがないためか、彼は義母に対してはどこか遠慮しているように見えた。

「だって、私はこの家を守ろうとしただけよ？　たしかに、あなたの事情もわかってはいるつもりだったけれど……」

「……その件も事前に話し合ったはずなのですがね、義母上」

ルシアーノは深くため息をつく。それを脱出の契機と義母は受け取ったらしい。

「それでは、後のことは二人でどうにかしてちょうだい。私の役目はもう終わりましたからね」

などと無責任なことを言い放ち、急ぎ足に階段を上っていってしまう。ホールにはティアとルシアーノの二人だけが取り残されてしまった。

「ここでは落ち着かないな。こちらに来てもらおうか」

ルシアーノは、ついてくるように促すと、ティアには見向きもせずに歩き始めた。

(……こんなつもりじゃなかったのに)

押しつぶされたかのように胸が痛い。「初めまして」とか「お帰りをお待ちしておりました」とか、もう少しにこやかに出迎えることができると思っていた。まさか、帰宅早々睨まれてしまうなんて。

顔を見ることができなくて、うつむいたまま足を進める。彼が居間の扉を開き、ティアがその後に続いて入るなり、壁に押しつけられた。ルシアーノが手を離した扉が、耳障りな音を立てて閉じる。

「――どういうつもりだ？　婚姻届の偽造は犯罪だと知っていて荷担したのか？」

「ち、ちが――違い、ます――」

正面から睨まれると、さすが軍人というべき迫力だった。完全にすくみ上がってしまったティアは、溢れそうになる涙を、瞬きを繰り返すことで振り払おうとした。

「き――きちんと、求婚していただきました！　だから、だから私――」

ティアは嘘は言っていない。ルシアーノの名が記された手紙を受け取り、父が返事をした。それに対して彼から直筆の返信はなかったけれど、婚姻関係の書類はきちんと揃えられていたし、疑う必要なんてなかったのだ。

必死にそう説明するが、ルシアーノは信じないというように口元を歪めただけだった。その表情にまた、ティアの心に鋭い痛みが走る。完全には信じてもらえなくてもいい。せめて、嘘をついていないということだけは伝えたかった。

「少しお待ちいただけますか。証拠、と言えるかどうかはわかりませんが」

「どうするつもりだ？」

「シドニア侯爵家からいただいたお手紙がございます」

結婚前に、夫となる人からティアが受け取ったのはそれだけだった。

本来なら役目を果たしたそれは、父の手元に置いてくるべきだったのかもしれない。だが、ルシアーノとの繋がりといえるものはそれだけで、残してくることはできなかった。

（ただの感傷かもしれないけれど、持ってきておいてよかった――）

急ぎ足に階段を上り、自分の部屋へと戻る。本当はルシアーノからの返事をしまおうと思って用意した箱に入っているのは、たった一通の手紙だけだった。

鏡台の引き出しにしまってあった箱から手紙を取り出し、ルシアーノのいる部屋へと戻る。ティアの差し出したそれを受け取ったルシアーノは、中身にちらりと目を走らせただけでティアの方へと戻してきた。ティアが受け取らなかったそれはそのままに、彼は言葉を

「俺と一度も顔を合わせないまま結婚だなんて、おかしいとは思わなかったのか？」

「前例がないわけではないそうですし……お義母様からは、急に出征が決まったために、この家の財産を守ろうとルシアーノ様が講じた手だと聞かされました」

彼の身分にふさわしい女性なら、相手を軽んじているわけではないと証明するために、求婚に時間をかけなければならない。だから、ティアのところに話が来たのだ。格下の家のティアなら面倒な求婚期間を抜きに、書類にサインするだけで婚姻を成立させることができるから、疑ったりしなかった。

求婚の手紙——今となっては誰の手によるものかわからないけれど——に書かれていたのは、ティアを妻に迎えたいという一言だけだった。それ以外の点については、義母の口から聞かされた説明が全てである。

「こんな馬鹿げた話……」

吐き捨てるように言われた言葉に、胸がますます痛みを訴えかけてきた。

「それで、君の望みはなんだ？　ただでこんな話に乗るはずはないだろう」

「私……私の望み……ですか？」

ルシアーノの言葉に首を傾げてしまう。ルシアーノの話を聞くと、自分がしようとしていたことはたしかに馬鹿げていたのだろうと思えてきた。だが、対価はもう受け取っているし、こういう事情なら彼にこれ以上望むことは何もない。

(きちんと、説明をしておくべきよね……ルシアーノ様には)

たしかに無償で引き受けた話ではない。ティアの生家、ヴァレイラ家は侯爵家からの援助によって持ち直したのだから。

「我が家には多額の借金があって――支度金をその返済にあてさせていただきました」

もともとそれほど裕福な家というわけではなかったのだが、結婚の話が持ち出される三カ月前に亡くなった祖父が、多額の借金を残していたことが判明した。どうにかしてその借金を返さなければ、屋敷を手放すことになってしまう。

義母は『支度金』の名目で、借金を綺麗に返済できるだけの大金をティアの実家へと渡してくれた。借金を返済した後、生活基盤も立て直して、今では分相応の生活を取り戻している。

「……それだけではないだろう?」

けれど、ルシアーノはティアの話を聞いてはいないようだった。

「俺がいなければ、この家の財産は君と義母上の好きにできるというわけだ。支度金以外にも入るあてがあったから、義母上の話に乗ったのだろう」

「そんな！」

そう口にした時には、ティアは全てを諦めていた。

（この人は、私の話を聞いてくださるつもりなんてないのね……）

ここに来た時は、ひたすらルシアーノの帰りを待とうと思っていた。たしかに、少し変わった形ではあるけれど、いずれ彼が帰ってきたらしっかりとした関係を結ぶことができると、そう信じ込んでいた。

けれど、何度手紙を書いても、一度も返事は来なかった。「今回もあなたへの手紙はないの」と義母の口から聞かされる度、ティアのその決心は少しずつ崩れていったのかもしれない。

今のルシアーノの言葉で、ティアの周囲には高い壁ができ上がった。人の目には見えない壁だが、ティア自身はその存在をまざまざと感じていた。

（この方と、心を通わせることは……できないのね）

「俺が戦死していたら、我が家の財産はすぐにでも国に取り上げられていただろうからな――俺はそれでもかまわなかったんだが、まあいいだろう。だが、無事に帰ってきた以上、こんな暴挙を許すわけにはいかない」

「……はい」

ティアは唇をきつく結んだ。彼が、何を言うのか、狼狽《うろた》えずに受けとめなくては。

そんなティアの様子にはかまうことなく、ルシアーノは淡々と告げた。

「俺は、君を妻とは認めない——すぐにでも離婚の手続きに入る」

「わかりました」

顔から表情を消し去ったまま、ティアは頷いた。ルシアーノがそう言うのなら、しかたないだろう。

ティアが彼に渡した求婚の手紙を、テーブルに放り出すなり彼は身を翻して出て行ってしまった。

（……どんな形であれ、必要とされていると……そう信じていたのに、違ったなんて）

テーブルに放り出された手紙を抱きしめるようにして、ティアは心の内でつぶやいた。

それにしても、ルシアーノが結婚した事実さえ知らなかったことに驚いた。途中から馬鹿馬鹿しくなってやめてしまったとはいえ、あれだけせっせと手紙を書いたのに。

では、せっせと書いた手紙はどこに行ってしまったのだろう。その疑問はちらりと頭を掠めたけれど、なんだかもうどうでもよくなってしまった。

（……馬鹿みたい）

結婚のきっかけはどうであれ、仲良く暮らしている人達は少なくない。ティアとルシアーノもそんな関係になれるのではないかと、心のどこかで期待していたのだ。

彼に手紙を送るのをやめてしまった後でさえも。

（……本当に……馬鹿、みたい……）

夫との顔合わせは、ティアが想像していたものとはまるで違ってしまった。もう少し穏やかに対面することができると思っていたのに。

思ってもいなかった言葉を投げつけられて、完全に食欲も失せてしまった。使用人に「夕食はいらない」と告げて、ティアは一人部屋に引きこもる。

誰の顔も見たくなくて、羽根布団の中に顔を埋めた。

◇◆◇

翌日も食欲がなく、メイドが持って来てくれた紅茶だけを口にして部屋に引きこもっていた。

（離婚の手続きってどのくらいかかるのかしら……すぐに、実家に帰った方がいいの？きっと、いつでも出て行けるように準備はしておいた方がいいのよね……）

いつまでに出て行けばいいのかはわからなかったが、自分からルシアーノをたずねていくのははばかられて、とりあえず生家から持参した品をトランクに詰め始めた。

ルシアーノがティアの部屋に来たのは、昼近くになってからだった。招き入れられるなり、開口一番言い放つ。

「今すぐ離婚というのはできそうにない」

「……どういう、ことですか？」

「今、離婚するのは手続きが面倒だ。下手をすれば離婚が成立するまで一年以上かかる」

「そんなにかかるのですか？」

結婚する時は、サインした書類を提出してしまえば、それで全ての手続きが終了した。だが、別れる時にはそうはいかないようだ。

「性格が合わない等、理由をつけて離婚するのはできないわけではないが、俺達の仲が修復不可能だと理解してもらうまでにはかなりの時間が必要だ」

「……そう、ですか……そうかもしれないですね……」

結婚は両家を結びつけることだ。たやすく離婚されては、周囲の人達はたまったものではないだろう。では、彼はどうするつもりなのか。

床の上に置かれたトランクに、ルシアーノの視線が向かう。既に荷物をまとめ始めていることにも、彼はなんの感慨も抱かないようだった。

「楽に離婚できる方法が一つある。俺と君の間に子供はいないし、今後もできることなんてありえない」

結婚したとはいえ、彼と顔を合わせたのは昨日が初めてだ。今から正常な夫婦関係を結ぼうという程度の親密さすらない関係だし、今後も子供ができる可能性はないという彼の言葉は正しい。

「だから、あと半年。その期間が過ぎれば簡単に離婚することができるだろう？　今から離婚の申し立てをするよりも早く終わる——二年間努力したと世間には見せねばならないから、君をこの屋敷から出すわけにはいかないが」

（ああ、そういうこと……そうね、たしかにそれならすぐに離婚が認められるもの）

どうして、彼がすぐに離婚の手続きを始めず半年待つのか、ティアにはわかってしまった。跡継ぎを何より大事にするこの国にあって、結婚後二年も子供に恵まれないというのは大きな離婚事由となりうる。だから、二年たって子供が生まれなければ、ルシアーノが言っていたような性格の不一致だとか理由をつけなくても比較的簡単に離婚できるらしい。

だが、それは女性の側にとっては「子供を産めない身体である」ということを、世間に広く知らしめることにもなってしまう。実際、この制度によって離婚した後、再婚に苦労したなんて話はあちこちに転がっていた。

実際には、彼が戻ってきて一つ屋根の下での結婚生活となってからは半年しかないわけではあるが、そこはどうにでもできるのだろう。

（再婚する気はないからいいけれど……なんだか勝手な言い分だわ）

昨日の今日で男性というものに対して、完全に信頼を失ってしまった。

少しくらい話を聞いてくれてもいいではないかという反発心が残っていないわけではな

いが、彼に正面から反対するよりも全てを受け入れる方がはるかに楽だ。

この屋敷を出た後、どうやって生活していくかはしっかり考えなければならないけれど、それは今でなくていい。

「わかりました。それが……一番早そうですし」

絶対に、彼の前で弱みを見せたりなんてしない。ティアは素早くなんでもないように表情を取りつくろった。

「もちろん、何もないまま君を世間に放り出すような真似はしない。生涯生活に困らないよう、財産分与なりなんなり――きちんとした対応は約束する」

どうやら、この人の頭からはティアがこの家の財産を狙っているという考えを消すことはできないようだ。必要な分はもう援助してもらったのだから、これ以上は必要ないというのに。

「……いえ、半年の猶予がいただけるのでしたら、今後の身の振り方を考えるには十分だと思いますし、そこまでしていただく義理はありませんから」

「殊勝なふりをして……俺を懐柔するつもりか？」

（……この方は、私をなんだと思っているのかしら）

ルシアーノの帰りを待って胸を膨らませていた、結婚当時の自分に言い聞かせてやりたい。彼は、ティアを金の亡者ぐらいにしか考えていないのだ、と。

「懐柔なんてするつもりはありません……私に懐柔されるような方ではないでしょう？」

首を傾げてにっこりと微笑んでやれば、彼は少々たじろいだように見えた。それで溜飲を下げることにして、ティアは彼の次の言葉を待った。

「――俺と別れた後、生活に窮しているというような噂が立つのは困る。我が家の財産を守ってくれたのは事実だし、相応の礼ということで受け取ってくれ」

（……自分の正しいと思うところでは、公平であろうとするのね。この方は）

ティアの話を聞こうともせず、完全に決めつけているのはどうかと思うが、公平に振る舞おうとしてくれる姿は好ましいと言えなくもない。

「……では、ありがたく頂戴します。そちらは完全にお任せしますので――いいようになさってください」

別れるまで半年の猶予がある。その間に身の振り方を決めなければ。ティアのような育ちだと、家庭教師か――花嫁学校の教師なんていう選択肢もあるかもしれない。

「それともう一つ」

話は終わったとばかりに視線をそらしたティアを彼は引き止めた。

「使用人達の前では、必要以上に険悪に見せたくない。気持よく挨拶ぐらいはするよう、お互いに心がけないか」

「……そう……そう、ですね……」

あまりにも勝手な言い分を重ねられたものだから、さすがのティアもどう対応したものか一瞬視線を泳がせてしまった。

（……私のことを嫌っている人との仲を、友好的に見せかけるのってとても難しいと思うけれど……！）

とはいえ、こんなお屋敷の奥方になるなんて考えたこともなかったティアを、使用人達は大変よく支えてくれた。夫に顧みられなかった一年半という期間をなんとか乗りきることができたのは、彼らの支えがあったからだ。

少なくとも、彼らを必要以上に心配させることはしたくなかった。ティアがこの屋敷を離れるその日まで。

「わかりました。お屋敷の中の空気がぎすぎすするのはよくないですものね。気持ちよく挨拶しましょう」

「その他にもいくつか決めておきたいことがある」

こうして、ティアとルシアーノの間に半年間の生活のルールが決められた。

時期が来たら、すみやかに離婚すること。

それまでの間、使用人達の前では、円満であるように見せること。

そして、もう一つ。これは最後にルシアーノがつけ足した条件だった。

必要とあれば、この条件を見直すこと。

（……半年より早く私をお屋敷から出したくなった時の予防線ね。それを張りたくなるのは当然かもしれない……）

つくづく勝手だとは思うが、反対する理由はないし、彼との生活が続くはずもない。そう思ったティアは、迷うことなく彼の提案を受け入れたのだった。

ルシアーノが戻ってくるまではあまり外に出ることのなかったティアだが、仲のよい友人くらいいる。ルシアーノとの話を終えてすぐティアが向かったのは、親友であるモニカの屋敷だった。

モニカは幼い頃からのティアの友人だ。黒い髪に黒い瞳。派手な顔立ちの彼女は、表情がくるくる変わるせいかとても情熱的に見えた。ティアと同じくらい背が高く、体形も実によく似ている。

大変に気が強く、婚期を逃しかねないのではないかなどという噂話もあった。だが、彼女の気性を丸ごと受け入れてくれる二十歳も年上の男性と結婚して、たいそう幸せにやっている。ティアにとっては結婚生活の先輩でもあった。

家同士で決められた政略結婚だったために、結婚前は何時間もモニカの愚痴に付き合わされたのだが、今ではそれも懐かしい思い出だ。今のモニカは、夫を心から愛している。

アポイントメントも取らずに来てしまったから、留守にしているかもしれないと思ったが、在宅していたモニカは、すぐにティアをティールームへと招き入れてくれた。

「まあ、なんて酷い話！　あなたはそれでいいの？」

「いいのって言われても」

ティアの話を聞くなり、憤慨したモニカの手元でソーサーにぶつかったティーカップが耳障りな音を立てた。

ティーカップを両手で包み込むように持って、ティアはそっと息を吹きかける。最初からティアに選択肢なんてなかったのだ。

「だって、ルシアーノ様は離婚したいって言うんだもの。私だって、そうするのが一番いいと思うし」

「シドニア侯爵が、そんなに馬鹿だとは思わなかったわ！　離婚するのはいいとしても、その理由じゃあなたの再婚が難しくなるじゃないの！　なんて思いやりのないやつなの！」

「……モニカ。たぶん、あの方はそんなことまで考えてないと思うの」

男性であるルシアーノは、そこまで気が回らないだろうと思う。それに、ティア自身再婚するつもりもないから、どんな噂が立ってもかまわない。

「だから、反対したのよ……あなたに断ることができないのもわかっていたけれど。お家の事情を考えれば、ね」

「……あの時いただいたお金で、助かったのは本当のことだし……そういう意味では、私が財産目当てなのも否定できないのよね」

まるで身売りのようではないかとモニカは憤慨していたのだが、両親から話を聞かされ、直接話したこともない相手に嫁ぐと決めたのはティアだ。渡された支度金で自宅を手放さずにすんだのも、家族の生活を立て直すことができたのもまた事実。

「だからって、あなたの一生をめちゃくちゃにしていいってことにはならないじゃない。この先、結婚してくれる人が現れなかったらどうするの？」

「もういいかなって……だって、なんだか面倒だなって思うし……」

政略結婚で幸せを掴んだモニカを見ていたこともあり、ティアだって結婚生活にそこそこ夢を持っていなかったといったら嘘になる。物語に出てくるような熱烈な恋愛感情までは期待していなかったが、仲良く、穏やかに暮らせるものだと無邪気に信じ込んでいた。

それを頭から否定されて、世の中のほぼ全ての男性に失望した、と言ったら言いすぎなのかもしれないけれど。

(他の人と結婚して、同じような思いはしたくないもの)

そんな思いが胸をよぎる。

「書いた手紙にもお返事をいただけなかったから。だから……あの方は私に歩み寄ってくださる気がまったくないと思ってしまったのよね。他の方相手に、そんな思いをするのは嫌」

最初の半年は、毎週届くルシアーノからの便りに自分あてのものがあるのではないかと期待していた。あまりにも毎回その期待を裏切られ続けたものだから、返事をもらえないなら手紙を書かなくてもいいと思ってしまったのだ。

だが、少なくとも最初のうちは、返事がないと知らされて胸を痛めた時期もあった。使用人達には知られないよう、一人部屋で涙を流したこともあった。

「でも、玄関ホールで顔を合わせるまで、彼は結婚していたことを知らなかったのでしょう？」

友人の指摘は正しい。昨日、玄関ホールまでティアが迎えに出た時、彼は心から驚いたように見えた。

「手紙を書いていたのに、結婚してたって知らないなんておかしいんじゃないの？」

「ルシアーノ様の手元には届いていなかったのでしょうね。そうでなかったら、もっと早くお気づきになったと思うの」

自分の手紙はどこに行ってしまったのだろうという疑問が残らないわけではないが、そんなことはもうどうでもよかった。望まれて嫁いだわけではなかった。ただ、それだけだ。

「でも、彼のやり方はあんまりだわ。半年仮面夫婦として過ごして、時期が来たらいそいそと離婚なんて、あまりにもティアを馬鹿にしているじゃないの」

「しかたないわ。財産目当ての結婚という段階で、あの方の中では軽蔑していい相手になったのだろうし、いただいた支度金で私の家が助かったのも本当のことでしょう。それに、使用人の前では普通に振る舞おうって約束してくださったから……今までとあまり変わらないと思うの」

あと半年、平和に過ごすことができればそれでいいというのがティアの望みなのだが、友人はそうは受け取らなかったようだった。モニカの瞳に、怒りの炎が燃え上がる。

「だったらますますおかしいじゃない。あなたのせいじゃないでしょう？」

「モニカ、私はそれでいいと思ってる。今から仕事を探すつもりだし、遠くで働くことになったらなかなか会えなくなってしまうかもしれないけど――」

いつだって、この友人はティアを大切に思ってくれていた。ティアも彼女のことは大切にしたいと心から思っている。

「いいわ、半年たって離婚したら、私が素敵な男性を紹介してあげる。あなたの旦那様よりずっと素敵な人をね！　リカルド様にお願いすれば、そのくらいどうにでもなると思うの」

モニカの言葉は嬉しいけれど、新しい結婚相手は必要ない。結婚して一年半の間、ひたすら夫の無事を祈り続けた。そして、昨日。初めて顔を合わせた夫に財産目当ての女だと罵られてしまった。

結婚生活がこんなに面倒なものなら、もう一生一人でいい。

「……私からがつんと言ってやってもいいのよ？　ティアはそんな子じゃありませんって。そういえば、シドニア侯爵って、リカルド様の部下じゃなかった？　なんならリカルド様にお願いして——一度くらいひっぱたいてもらうとか」

モニカの夫アゼムール伯爵は二度目の結婚だ。比較的若い時期に退役することが多い貴族達の間で、二十年以上勤務を続けている珍しい存在でもあった。

現在は中将という地位にあり、長期間軍に身を置いている経験から、伯爵を慕う者も多い。モニカはしばしば彼の部下をもてなしているらしい。

「気持ちだけいただいておくわ……叩いてもらってもしかたないもの」

友人が心配してくれるのはありがたいと思うけれど、ここでルシアーノの上官の力を借りるのはちょっと違うような気がする。

「それより、話を聞いてくれてありがとう。また、遊びに来てもいい？」

こんなみっともない話、家族にだってできない。

本当ならモニカにも言うべきではないのだろうけれど、あの屋敷にティアの本心を明かせる相手は一人もいない。ティアを選んだ義母でさえも。

「一人くらい、あなたの味方がいたっていいと思うわよ」

そう言って、モニカはティアを元気づけてくれた。夫には恵まれなかったけれど、友人には恵まれたと変なところでティアは安堵したのだった。

◇◆◇

初めて顔を合わせた『妻』を今に置き去りにした後、ルシアーノは、外に出ると大きくため息をついた。

出征する時、たしかに義母は後のことは心配するなと言っていた。それを鵜呑みにしたのが間違いだったのだと今はわかる。

ルシアーノと義母の間に血の繋がりはない。彼女は父、前シドニア侯爵の後妻で、父との間に娘を一人もうけている。

妹はとっくに結婚していて、ルシアーノに万が一のことがあれば義母はてっきり妹を頼りにするのだと思い込んでいた。前侯爵夫人であるとはいえ、現当主であるルシアーノとは血の繋がりはないのだから、父亡き後も屋敷に居座っているのが図々しいと言えば図々しいのだ。父だって、結婚した時に、残された義母が生活に困らないよう手配していた。

さらにルシアーノが出征する前に、彼女が生涯困ることのないようにもう一度手を打ったつもりだったのだが、彼女の取った行動はルシアーノの予想の範囲をはるかに超えていた。

（今まであの人の行いを許してきた俺にも非があるのは認めるが――）

それにしても、帰国した瞬間既婚者になっていたことを知らされるとはあんまりだ。頭を抱え込みたくなってしまう。

まさか、求婚の手紙や婚姻届を勝手に作成しているとは思わなかったのだ。彼が書いていない以上、誰かが義母に手を貸したのであろうが、今はそこを追及する気にはなれなかった。

（となると、書類が偽造されたものだと訴えて婚姻を無効にするのが一番早いだろうか）

足早に歩きながら、ルシアーノは今後のことを考えようとした。書類が偽物であれば婚姻を無効にできる。ティアについては、求婚の手紙を信じ込んだだけということで処罰は免れるだろう。

そこまで考えて、彼は額に手をあてる。

（いや、その手は使えないな。醜聞になってしまう。妹を巻き込むのは避けたいところだ）

嫁いできた後、義母がルシアーノに対してよくしてくれたのは間違いない。生母と同じ感情を持っているかとたずねられれば違う気もするが、育ててもらった感謝の念はある。腹違いとはいえ、彼自身も妹のことはずいぶん可愛がってきたし、大切な存在であることは間違いない。

義母が書類を偽造した、などと世に知られたら、義母は処罰されることになるし、当然妹と嫁ぎ先との関係も悪化するはずだ。

（それにしても、よくよく財産に目がくらんだのだろうな、彼女は）

ルシアーノは、玄関ホールで出迎えたティアのことを思い出した。たしかに美しい容姿の持ち主だと思う。地味なデイドレスに慎ましやかに押し込めてはいたが、あの服の下には蠱惑的な身体が隠れているであろうことは容易に想像できた。

おそらく、自分の魅力に参らないであろう男はいないと信じていたのだろう――その余裕がなおさら彼を苛立たせる。

（こういう時は――あの方なら、口も堅い）

その時、ルシアーノの脳裏に浮かんだのは、上官であるアゼムール伯爵の顔だった。ルシアーノより十歳以上も年長である彼は、その分見聞きしていることが多い。海軍内でも高い地位にあり、彼に相談を持ちかける者も多かった。

急な来訪をどう思われるかという不安は残っていたが、ルシアーノは伯爵邸を訪れることにした。

「奥方はお元気ですか」

通された客間には、伯爵夫人がいけたものらしい花の香りが漂っていた。心の中で自分の屋敷と比較してしまう。

「モニカか？　手紙はよくくれていたがね、やはり顔を見ると安心するようだ」

上司の奥方には、結婚式の時に一度だけ会ったことがある。黒髪が印象的な美女だった。

少々気が強そうに見えなくもないが、年上の夫が適度に甘やかしつつ彼の手の内におさめている様子は微笑ましかったし、彼女も夫を敬愛しているようにルシアーノの目には映っていた。

伯爵夫人と自分の屋敷にいた娘の姿が重なり、しかめっ面になってしまう。

「実は――」

嫌な用件はさっさとすませてしまうに限る。ルシアーノが話を持ち出すと、伯爵は面白そうに身を乗り出した。

「つまり帰ってみたら、ものすごい美女が出迎えてくれたと。いや、羨ましい話だな」

「それなら代わって差し上げましょうか？　我が家の財産目当ての卑しい女ですが」

その言葉には、伯爵が首を横に振る。

「もう最愛の女性と出会っているからね、その必要はない――出征中に夫抜きで婚姻の手続きをすませるというのは前例がないわけではないし、彼女一人を責めるわけにもいかないと思うがね」

「それは、こちらが事前に書類を用意して、相手の顔も見た後の話でしょう。帰国しました、結婚していました、では話にならない。婚姻を無効にするのは難しいので、すぐにでも離婚したいのですが」

婚姻を無効にするのは無理だということはルシアーノにもわかっている。妹を巻き込んだ醜聞に発展させたいのなら話は別だが、妹はルシアーノにとって守らなければならない存在だ。彼女の結婚生活までぶちこわすわけにはいかない。

ソファに深々と腰かけた伯爵は首を傾げる。

「離婚の訴えはできなくはないと思うが――時間がかかるぞ」

伯爵の言葉に、ルシアーノは眉根を寄せた。もっと簡単にいくものだと思っていたのに。

「まず、君と彼女は結婚して一年半。別れる前にもっと努力すべきだと周囲は言うだろうね――それは役所も同じことだ」

「帰国するまで顔を見たこともなかったのに？」

「そういうものだよ。それまで顔を見たこともないのならなおさらだ」

貴族の結婚生活なんて、もともと家同士の繋がりだ。家のために結婚した以上、簡単に別れるわけにはいかないのが実情だ。よほどのことがなければならない。

「……どのくらいかかりますか」

「短く見積もって、一年というところではないかな」

「――一年！」

その間彼女を家に置いておかなければならないのかと思うと、一年はあまりにも長い。

ルシアーノは嘆息して天井を見上げた。

「……短く見積もって一年、ということは長くかかる可能性もあるということですね？」

「よほどの事情がない限り、そういうことになるだろうな。おそらく、数年はかかると思っておいた方がいい」

「……困ったことになりました」

頭痛を覚えて、額に手をやる。まったく義母もとんでもないことをしてくれたものだ。出征する前に、彼女が生活できるよう手配しておいたのに、それだけでは足りずにこんなことを画策するとは！

ルシアーノ個人としては、自分の子供に家名を継がせなければ、というこだわりはさほどなかった。

（俺自身、爵位を一時預かっているようなものだしな……従兄弟が現れたら、すぐに渡さなければならない）

先代のシドニア侯爵であるルシアーノの父は、次男であり、本来ならば家を継ぐ立場ではなかった。長兄が、ロルカ大陸に渡ったまま戻ってこなかったために受け継いだのである。

もし、長兄に男児が生まれていたならば、その爵位はすぐに彼に返されるべきものであった。実際、子供が生まれたらしいという話は聞いているのだが、男児なのか女児なのか——そして、今どこにいるのか。何もわかっていない。

人をやって捜し続けてはいるけれど、海を渡った外国であること、あちこち転居しているらしいということもあって、なかなか調査は進まず、現在でもはかばかしい結果は得られていない。自分は爵位を一時預かっているだけ――その思いが、結婚をためらわせ、今の状況を作り上げたのだと思えば腹立たしいが、自分が招いたことだからしかたがない。

「……時間をかけて解決するしかないだろう。私にできることがあれば、協力は惜しまないよ」

「急に押しかけてきて、失礼いたしました――」

上司のところまで来たはよかったが、事態を早急に解決する方法を見いだすことはできなかった。ただ、醜聞なしに今すぐ彼女を家から追い出すのは思っていたより大変そうだ、と知っただけ。

馬車を貸してくれるというのを断って歩いて帰ることにしたのは、身体を動かしている方が何かいい考えが浮かぶのではないかと期待したからだった。

そして、彼の期待は間違ってはいなかった。最短の解決方法を思いついた彼は、彼女にその話を持ちかけようと決めた。


翌日、話を持ちかけると、彼女は驚いたように目を見はった。そういう表情をしても、美しいというのは苛立たしいのだが、今彼女の機嫌を損ねるのはまずい。

どうにか言いくるめようと、彼は言葉を探す。

「もちろん、何もないまま君を世間に放り出すような真似はしない。生涯生活に困らないよう、財産分与なりなんなり――きちんとした対応は約束する」

それが彼女の目的だろうと、金銭面での補償を申し出ると、意外にも彼女は首を横に振った。

「……いえ、半年の猶予がいただけるのでしたら、今後の身の振り方を考えるには十分だと思いますし、そこまでしていただく義理はありませんから」

(その程度のことで、俺を懐柔するつもりなのだろうか)

その手には乗らない。できるだけ、自分に有利になるように、そして彼女が余計なことを考えないように言葉を探し、終着点を見つけ出した。

ルシアーノが言いたいことを言い終えると、彼女は微笑んだ。口は笑みの形になっているものの、目は微笑んでいない――顔立ちが整っているだけに、そうされると妙な迫力があって、思わずルシアーノはたじろいだ。

半年もの間、このぴりぴりした空気には耐えられそうもない。使用人の目も気になる。そこで、彼は一つ条件をつけ足した。つまり、使用人達の前では、仲良さそうに振る舞うことを。

「使用人がいない時には？」

「……俺も君も好きにする」

「わかりました」

あいかわらず彼女の顔に表情はない。完全に生気を失って、まるで人形のようにも見える。

「……それともう一つ」

そして、ルシアーノはもう一つの条件を切り出した。契約の内容については、随時見直すことにする。これは半年たつより前に彼女を屋敷から出したくなった時のための用心だった。

第二章　契約の新婚生活

契約を終えた翌朝、ティアは家用のドレスに着替えて朝食の席に着いた。サンルームは、日当たりがよく、静かに使用人達が動き回っている。

「お、おはようございます。ルシアーノ様」

使用人達の前では、互いににこやかに接すること。ティアはその約束を忘れてはいなかった。一生懸命笑顔を作って、ルシアーノに向ける。

「……おはよう」

ややあって、返してきたルシアーノの方は仏頂面だった。

（ご自分で、互いに気持ちよく挨拶はしようって言ったじゃないの）

彼の態度に、ティアが顔に張りつけた笑みが強ばる。それをごまかすように、朝食の卵料理に視線を落とした。皿の上では、チーズ入りのオムレツが金色に艶々と輝いていて、食欲をそそられる。

ドライフルーツを練り込んだ堅いパンを薄くスライスしてトーストしたものにバターをたっぷりと添えるのが、毎朝のティアの楽しみだった。

義母はといえば、息子夫婦の間にそんな約束が成立したなんてことも知らないようで、この場に姿はない。毎晩のようにあちこちのパーティーに出かけている彼女が起き出してくるのは昼近くになるのがいつものことだから、特にティアも気にしてはいなかった。昨夜もどこかに出かけて、まだ起きられないのだろう。

「コーヒーのお代わりをもらえるかしら？」

ティアの言葉に、一礼した使用人が引き下がる。サンルーム内に二人きりになったとたん、ティアの顔から表情が消えた。

（……使用人達の前だけってことだったもの）

半分意地みたいになっているのだが、そのことにティア自身気づいていない。表情を消して食べる料理が、こんなにもおいしくないものだと初めて知った。

「……今日は遅くなる」

た。

「そうですか」

「夕食は外ですませる」

「わかりました」

義母が家で正餐をとることは少ないし、ルシアーノはティアと二人での食事が不愉快なのだろう。ルシアーノと短い言葉でやりとりしている間に、コーヒーのお代わりが到着した。

使用人の近づいてくる気配がしたとたん、ティアの顔に微笑みが戻る。

「ルシアーノ様も、コーヒーのお代わりはいかがですか？」

気持ちよく振る舞うのは使用人達の前でだけ、だから、今は笑顔で対応すべき。その変貌は露骨なものだったけれど、ルシアーノは特に気にしている気配もなかった。

ティアのことを嫌っている相手に対し、笑顔を向けるのはちょっと腹立たしいが、半年のことと思えば辛抱するしかない。

（返事の来ない手紙を書いていた時よりずっとましだと思うし……）

嫌われているのではないかと、不安になったこともあった。顔を合わせてもいないのに、どうして疎まれるのだろうと悩んだこともあった。義母にたずねても、『戦地でしょう？ 余裕がないのよ、きっと』で片づけられてしまったし、本人が目の前にいないのだから、問いただすのもできなかった。

ティアにできるのは、教会に行って無事に戻ってくるよう祈りを捧げ、廊下に並んだ肖像画の中に彼の面影を見いだそうとすることだけ。

あの頃と比べたら、今の方がずっとましだ。半年間の『仕事』だと思えばいくらでも笑顔を向けられる。

「……もらおうか」

使用人に合図して、先にルシアーノのカップに注いでもらう。笑顔を向けられた彼が少しだけ困ったような顔をしたのを見て、溜飲を下げた。


こうして始まった半年間の契約結婚期間だったけれど、ティアの無表情も長くは続かなかった。もともと表情豊かで内面を隠しておくことができない質《たち》だ。

ルシアーノがいない間、サンルームで朝食をとる習慣ができてしまったから、今さら寝室に運んでもらうわけにもいかない。ルシアーノの方も朝食をとらずに出かけるという選択肢は持ち合わせていないようで、毎朝食事だけは同席することになった。

身体を動かすことが多いからだろうか。ルシアーノは朝から食欲旺盛だ。気持ちのよい食べっぷりで朝食を綺麗に片づけ、軍服に身を包んで出かけていく。

「おはようございます、ルシアーノ様」

「……おはよう」

ティアの演技力が要求されるのは、この時だけだ。彼は、ティアがそろそろ眠ろうかという頃まで帰ってこない。戦後処理が忙しいのだと本人は言っていたが、ティアはその言葉を信じてはいなかった。

（だって、このお屋敷に帰ってくるのが嫌なのだから、しかたのないことよね）

結婚して一年半。彼と顔を合わせるようになってまだ一週間だというのに、妙に達観してしまったようだ。

彼が帰宅したくない理由についてはよくわかるから、ティアとしてもそれ以上は何も言おうとはしなかった。

気まずい食卓であっても、出された品を残すような真似はできない。いつものようにトーストしたパンにバターを塗っていると、ルシアーノが口を開いた。

「――今夜は遅くなる」

「お夕食は外でいただかれるのでしょう？　そのように申しつけておきますね」

毎朝のように同じ会話を繰り返しているのだ。彼が今夜どうするつもりかなんて、言われる前にわかるようになっている。

「うん？　あ、あぁ――そうしてくれ」

普段なら食事が終わるまで、それ以上の会話はないはずなのに、先に沈黙を破ったのはルシアーノだった。

「君は、今日は何をするつもりなんだ？」

彼が戻ってきて一週間。そんな問いを投げかけられたのは初めてで、問いかけの裏にある意図を探ろうと、ティアは一瞬戸惑う。だが、探られて困ることもないわけで、すぐに口を開いた。

「特に予定もありませんから、家のことをすませたら図書室で過ごすつもりです」

家のことはほぼ義母が取り仕切っているのだが、少しだけ任されている仕事もある。今日は、家政婦の注文する寝具の確認がティアの役目として与えられていた。

「……そうか。出かけたりはしないのか？」

意外なことをたずねてくるものだから、ティアの困惑はますます深くなってしまう。

（……なんで、そんなことを聞くのかしら）

もっとも、こちらも問われて困るようなことはない。

結婚して以来、ティアの交友関係はめっきり狭くなってしまった。ルシアーノ抜きで派手に動き回らないように義母から厳命されていたから、昼間の茶会だけは呼ばれれば出かけていたが、それも月に一度か二度あるかないか。その他に月に一度ほどモニカの屋敷を訪問することはあっても、この屋敷に友人を招待したことはない。

「友人と会うために時々は出かけますが、今日は予定はありませんから」

「そうか」

それきりルシアーノの興味は、朝食に戻ってしまったようだった。

(こんな質問をされるなんて、なんだか調子が狂ってしまうわ)

そう思ったけれど、ティアもおとなしく朝食に戻る。頼まれた仕事も午前中には終わるだろう。午後には図書室で本を読んだり刺繍《ししゅう》をしたりしてのんびり過ごすつもりだ。

(こんな贅沢《ぜいたく》が許されるのは、離婚の条件が整うまでの間だけだし……)

生家に戻れば、毎日忙しくなるのはわかっている。母の手伝いだってしなければならないし、いずれは生家からも出て行かなければならない。出戻りの姉が実家に居座っていたら、弟の縁談に差し支えてしまう。

(そろそろ、身を立てる準備も始めなければならないのかしら)

生家に帰らず、このまま遠くに行くのもいいかもしれない。女子学生の通う学校の教師なら、ティアにもできるだろう。家庭教師も考えたのだが、若い女性は好まれないということを聞いて、そちらは諦めた。幸い、一通りの教育は受けているからどこの学校に勤めることになっても困らない。

頭の中でめまぐるしく考えを巡らせるティアをルシアーノが見つめていることなんて、彼女は少しも気づいていなかった。

◇◆◇

特に大きな事件もないまま、日は過ぎていった。

(何が変わったといえば——朝食の時にルシアーノ様がいるくらいだし……)

本来なら毎日海軍省に行く必要はないらしいのだが、今日もルシアーノは朝食を終えるとそそくさと出かけていった。遅くまで帰ってこないから、屋敷に取り残されているティアの日常は、彼が戻ってくる前とほとんど変わらない。

一度だけ夕食のテーブルで顔を合わせたことがあったが、あの時は非常に居心地が悪かった。前菜から始まる食事の間、ひたすらルシアーノの顔を見ないようにして食事を詰め込んだのだ。あれなら一人きりで食べる方がよほど気楽だ。

義母は毎晩のように出歩いているし、昼過ぎまで起きてこない。それはルシアーノが出征している間とまったく変わらない生活だった。

「今日は何をしようかしら」

刺繍をしようか、本を読もうか——それとも、音楽室でピアノの練習をしようか。いや、刺繍糸が切れていたから、買い物に行かなければ刺繍はできない。あれこれ考えながら廊下を歩いていたら、向こうから困った顔でルシアーノの従僕が歩いてくるのに気がついた。

「……どうしたの?」

「いえ、旦那様が書類をお忘れになったようで」

「あら、まあ」

彼と接する機会がほとんどなかったとはいえ、こんな風に忘れ物をするようなそそっかしい人ではないと思っていた。意外なことに少しだけ驚く。

「すぐにお届けしなければ――行ってまいります」

「ええ、お願いね」

そう返事をして、ティアは気がついた。刺繍糸を買わなければならないのだ。海軍省のある建物の場所は知っている。糸を買いに行くついでに、立ち寄って届ければいい。

「待って。街の方まで出かけたいと思っていたの。途中、私が海軍省に寄ればいいでしょう？」

「ですが……よろしいのですか？」

奥方にそんな真似をさせるわけにはいかないと、従僕の表情に書いてある。ひょっとして、常識外れなことだっただろうか。

「ついでだし――他にすることもないから、時間はあるの。届けさせてくれる？」

ティアの仕事はほとんどないから、暇をもてあましてしまっているのが実情だ。

従僕から書類の入った封筒を受け取ると、ティアは付き添いのメイド共々用意させた馬車に乗り込んだ。

実をいうと、海軍省まではそれほど距離があるというわけではない。ルシアーノなど、馬車に乗っては身体がなまってしまうと、毎朝歩いて出かけているくらいだ。

海軍省、という響きだからだろうか。馬車から降りて見上げた建物は、なんだか圧倒される雰囲気に見えた。

少しびくびくしながらメイドと共に入口の扉をくぐる。入ってすぐのところが広い空間になっていて、どうやらここが待合場所を兼ねているようだった。中への出入りを監視している男にルシアーノの呼び出しを頼む。

周囲の壁には海図だの、過去の英雄が受章した勲章だのが飾られ、壁際の台座に置かれた初代将軍の彫像と共に、海軍の栄誉を誇示している。今までに見る機会のなかった品々だから興味深く、一つ一つをじっくり眺めていると、背後から声をかけられた。

「ティア、ティアじゃないか。元気にしてた？」

「……フェリクス様！　お久しぶりですね――二年ぶりでしょうか」

振り返ったティアの目が丸くなる。声をかけてきたのは、昔なじみの青年だった。フェリクス・フォルテアは、二年前に出征する直前まで、何度かティアに会いにきていた。

軍人なのだが、髪は長めで、どこか浮ついた雰囲気がある。背も高いし、顔立ちも整っているしで、彼に興味を示す女性も多い。

一見好青年だけれど、ティアの両親はフェリクスとの親密度が増すことにあまりいい顔はしていなかった。母親が同席していない場所で、フェリクスと顔を合わせたことはない。

（……懐かしい。少しも変わっていなくて――）

二年ぶりだというのに、彼はほとんど変わっていなかった。最後に会ったのが昨日かと勘違いしそうになるような笑顔を向けてくる。

「そうだね、帰ってきたらもう一度求婚しようと思っていたのに。戻ってきたら、君は結婚していたなんて残念だ」

（そういえば……結婚を申し込まれたこともあったわね。お母様はいい顔をしていなかったけれど）

ティアの両親が、彼との付き合いを了承しなかったのは、彼が裕福ではないということだけが理由ではなかった。とにかく女性の噂が絶えないのだ。

「……フェリクス様こそ、あちらでもいい方がいらしたのでしょ」

笑いながら、ティアは彼の話を受け流す。彼のことは嫌いではなかったけれど、結婚となると少し違う気がした。やはり、自分だけを見てくれる人がいいな、なんて思うのは贅沢だろうか。

ルシアーノと話をする時のティアからは表情が失われているから、こんな風に心置きなく笑いながら話をするのは久しぶりだった。

「……俺はそんな風に見えるのかな？」

「ええ」

「……参ったな。そりゃ何事もないって言ったら嘘になるけど」

頭に手をやる彼の表情に、ティアのの笑いはますます大きくなった。結婚相手となるとためらってしまったけれど、彼とこうやって話をするのは嫌ではなかった。このところ、憂鬱《ゆううつ》だった気持ちが、一気に晴れていくような気がする。

「……俺に財産があれば、君の両親もうんと言ってくれただろうに」

その言葉に、ティアの顔から笑みが消えた。

フェリクスが軍に入ったのは、生計を立てるためだった。貴族としての誇りから軍に入ったルシアーノや、友人の夫、アゼムール伯爵とは出発点からして違う。

貴族の末端に籍を置いているとはいえ、彼の家は領地を持っていないから、そこからの収入というものはない。それはティアの家も同様だ。だからこそ、両親はティアには金銭面で安定した相手と結婚することを望んでいた。下にいる弟や妹のためにも。

「……それ、は……」

フェリクスの言葉を否定できなかった。多少女性関係の噂が派手だったとしても、ティアの実家に利益をもたらすことのできる相手だったら、両親は彼の申し出を受け入れただろう。不意に腕を掴まれ、ティアの口から小さな声が上がる。

「ここで何をしている？」

見上げれば、ティアの腕を掴んでいるのはルシアーノだった。眉を上げ、険しい表情をしている。

「忘れ物を届けにきました。お渡ししたらすぐに帰ります」

書類を渡すだけだから、わざわざ奥に通してもらう必要もない。手にしていた封筒をルシアーノに押しつける。

「君がわざわざ来る必要はなかったんだ——付き添いはどうした？」

「申し訳ありません。街まで買い物に出かけたかったので、そのついでにと思いまして。付き添いのメイドはそこにいます」

そう言っても、ルシアーノは険しい表情を変えようとはしなかった。何を考えているのか、じっとティアの顔を見つめている。

「ルシアーノ、いつまで奥方の腕を掴んでいるんだ？」

二人の様子をすぐ側で眺めていたフェリクスが、笑い交じりに口を挟む。

「……お二人は、お知り合いなのですか？」

フェリクスの気安い口調に少し、驚いてしまう。口を挟むと、ルシアーノは頷いた。

「同じ部隊に所属したこともあるからな」

「あれはもう三年前の話になるか」

フェリクスは話を広げようとしたけれど、ルシアーノはそれを打ち切った。

「わざわざ届けてもらってすまなかった。今、屋敷に使いを出そうとしていたところだったんだ」

「そうだったんですか……お役に立てたのならよかったです。では、私はこれで失礼しますね」

ルシアーノに別れを告げて立ち去ろうとするも、踵を返しかけたところで呼び止められた。

「今後、こういうことがあったら、従僕に届けさせるんだ。君が来る必要はない——自分の立場を考えろ」

「そうですね……はい。申し訳ありませんでした」

（……やっぱり、余計なことだったかしら）

メイドを連れて、馬車に乗り込んだティアは深々と息をついた。

「まっすぐに屋敷に戻ってくれる？　買い物はまた今度にするわ」

買い物に行ってあれこれ見て回る気力もなくなってしまった。馬車を戻すように命じると、ティアは座席に背中を預けてもう一度息をついた。

◇◆◇

ルシアーノとの約束は、使用人達の前では普通に振る舞うということのはずだった。そして、ティアもそれさえ守っていれば、今までとさほど変わらない生活が続くものだと思っていた。

けれど、当主たるルシアーノが戻ってくれば、そういうわけにもいかないらしい。彼が戻ってきてひと月後、困った状態に追い込まれてしまった。

外で夕食をすませたものの、早めに帰宅したルシアーノはティアを書斎へと呼んだ。彼の書斎に入るのは初めてだったけれど、周囲に目をやる余裕もない。

彼の口から出てきた言葉が、あまりにも思いがけないものだったからだ。

「……どういうことですか？」

「今の説明でわからなかったのか？　これは、王宮で開かれる舞踏会の招待状だ。君も出席するようにと言われている」

ルシアーノは、自分の手の中にある立派な招待状を振ってその存在を誇示してみせる。

ティアはますます困ってしまった。

「……でも、そんな」

生家が貧しかったから、ティアは社交界へのデビューもしていない。戦争が終わって帰国するまで、ティアとルシアーノの結婚は公にされていなかったということもあり、そんな場所に出席するような機会もなかった。

正直に言えば気が進まない。気が進まないだけではなくて、もう一つ問題があるのだが、それはルシアーノに言えなかった。

「……私だけ欠席というわけにはいきませんか？」

「そんな理屈が通ると思うか？」

「あの、当日に病気になるとか……」

それならばどうにかなるのではないかと問えば、ルシアーノは露骨に顔をしかめた。

「戦勝祝いだぞ？　そんな日に病気になるなんて――家名に泥を塗るようなものだ」

「……そう、ですか……」

ここにいる間は、立派な侯爵夫人としての立ち居振る舞いを求められるのだろう。結婚の日から二年が過ぎるまでは、きちんと務めを果たすと約束したのだからしかたない。

「わかりました」

ルシアーノにはそう返事したものの、ティアは困り果ててしまった。もう一つの問題については、ティア一人でどうこうできるものではない。

（……こういう時、頼りにできるのって一人しかいないのよね）

毎回迷惑をかけてしまうモニカには申し訳ないけれど……彼女の都合を確認する使いを出すしかないだろう。

ルシアーノから舞踏会に出席するようにと言われた翌日、幸いにも、モニカは予定がなくて在宅していた。

「よかったわ。あなたは忙しいから、捕まらないかもしれないって思っていたの」

「リカルド様が急に出かけることになって、退屈していたからちょうどよかったのよ」

モニカの話によれば、夫であるアゼムール伯爵は、今朝慌ただしく海軍省に出かけていったらしい。ルシアーノがそう見せかけているほど忙しくないということは知っているが、戦後ということもあって何かと仕事が発生するのだろう。

客間に通され、テーブルにティーセットが並んだところで、人払いを頼み、ティアは用件を切り出した。友人にこんなことを頼むなんて気がひけるし、使用人の口から噂が広まるのも避けたくて人払いしてもらったが、他に手はないのだからしかたない。

「……今度、王宮で舞踏会が開かれるわよね？」

「ええ、戦勝祝いですものね。あなたも出席するでしょう？」

「ルシアーノ様にはそう言われているわ。でも……」

恥を忍んで、ティアは事情を打ち明けた。

「ルシアーノ様が帰ってきてから作ればいいと思っていたから、着ていくドレスがないの。お義母様に相談しようと思ったのだけど、お忙しいみたいで、ここ一週間顔も見てないの」

ティアの生家が裕福ではないのはモニカも知っているから、実家に頼れないということは彼女もすぐにわかってくれた。

「馬鹿馬鹿しい、どうしてあなたの夫に言わないの？」

「……だって。もうすぐ離婚するのに、ドレスや宝石を用意してほしいなんて言えないでしょう。お義母様も話をする機会もないし……こんな状況だから、どうしたらいいのかわからなくて」

モニカになら、どんな弱みだって見せられる。モニカに対する甘えと言われればそれまでかもしれないが、彼女はいつだって力を貸してくれた。

「……たしかにそうかもしれないけど、あんまりだわ。妻の着るものに気を配れないなんて――だいたい、半年後に離婚だなんてあっちが勝手に押しつけた条件じゃないの。あなた、本当にそれでいいの？」

モニカの怒りは、ルシアーノに遠慮しているティアだけではなく、ティアをこの状況に追い込んだルシアーノにも向けられていた。

モニカの憤りもわからなくはない。きっとモニカだったら、彼の持ちかけてきた馬鹿馬鹿しい計画を一笑に付していただろうし、ドレスくらい作るよう面と向かって言えたはずだ。

「モニカ、それは言わないで。私だって、ようやく戦争から帰ってきて、いきなり結婚してたって聞かされたらびっくりするわよ。それに、侯爵家が助けてくれたから、私達は路頭に迷わないですんだんだもの」

祖父の残した借金を返そうと思ったら、自宅を手放すくらいしか選択肢はなかった。あの時の義母からの依頼は、ティア達にとっても都合のいいものであったのだ。それをわかっているから、ルシアーノも嫌な顔をしたのだろうが。

「……あなたは、それでいいの？」

モニカの問いに、ティアはきょとんとした。

「いいも悪いも……ルシアーノ様は私とはなんの関係もない人でしょう？　ルシアーノ様に迷惑にならなければ、私はそれでいいと思ってる」

そう、たしかに書類上は夫婦ということになっている。一つ屋根の下で暮らしてもいる。だが、顔を合わせるのは朝食の時のみ。まれに昼食や夕食を共にすることがあっても、非常に重苦しい空気が漂うのだ。

「……そう、ね。あなた達の結婚生活を考えればそうなるかしら」

額に手をあてたモニカは嘆息した。彼女にそんな顔をさせてしまったのは申し訳ないが、他に誰に助けを求めればいいのかわからない。

「ドレスも宝石も用意するとなると、刺繍糸を買うようなわけにはいかないでしょう？　だから……その、お借りできないかなと思って。なんでもいいの」

モニカとは比較的体型が似ているし、見苦しくなければそれでいい。誰かが以前モニカの着たドレスと同じデザインであることに気づくかもしれないけれど、正面切って借り物だと言ってくることはないだろうし、言われてもかまわない。

「アクセサリーはどうするのよ？」

「それは……実家の母に相談してみようと思ってる。どこかにお呼ばれした時恥ずかしくないように、おばあ様のダイヤモンドだけは残してあるって聞いてるから、それを借りるつもり」

ティアの言葉に、モニカはますます表情を険しくした。

「……そんなの、だめよ。古くさいデザインよ、きっと。どうせ、新しい台座にはめ込んで作り直すようなお金はかけられないのでしょ。いいわ、ドレスも宝石も私のを貸してあげる——まだ袖を通していないのが何着もあるし。戦勝祝いの舞踏会なのよ？　新しいドレスでないと参加なんてさせられないわ」

「でも、ろくにお礼もできないし……私は、あなたが何度か着ているドレスだけ借りられれば——」

モニカがそう言ってくれるのはありがたかったけれど、宝石まで借りるとなるとあまりにも大事《おおごと》になってしまう。ドレスを借りるのでさえ、十分迷惑をかけているのは承知しているのに。けれど、彼女は笑って手を振った。

「街に新しいカフェができたの知ってる？　海軍省からあなたの——シドニア侯爵のお屋敷に続く川沿いのところ」

「……そうなの？」

先日、ルシアーノに書類を届けた帰りにモニカが言う道を通ったはずなのだが、まったく気がつかなかった。

「シロップ漬けのオレンジを使ったケーキがおいしいそうよ。そこのケーキとコーヒーで手を打ってあげる。うちの夫は心配性だから、一人でそんなところに行ってはいけないというの。あなたのことは信頼しているから一緒に行ってくれると助かるわ」

「……そんなことでいいの？」

コーヒーとケーキくらいなら、ティアの懐事情でも問題ない。対価としてそれを指定してきたのは、モニカの優しさだ。親友に迷惑をかけてしまって申し訳ない半面、ティアは安堵した。

これで舞踏会に出席できる――デビューすらしていないので、今回が初めての舞踏会だ。最初で最後の機会になるだろうけれど、華やかな場を見ることができるのかと思ったら、少しわくわくしてきた。

◇◆◇

様々な契約を持ちかけたのは自分の方だ。

ルシアーノは、目の前にいる「妻」を見つめる。清潔感のある服に身を包んだ彼女は、無表情で朝食を口に運んでいた。

コーヒーを頼まれて持って来た使用人が入室するなり、無表情だった顔に笑みが浮かぶ。

「ルシアーノ様、コーヒーはいかがですか？」

「……もらおうか」

使用人がお代わりを注ぎ、室内にとどまっている間は彼女の顔から笑みが消え失せることはなかった。食事を終え、使用人が退室したところでまた無表情になる。その変化はいっそ見事とでも言いたいくらいだ。

「今夜は遅くなる。食事は勝手にすませてくれ」

「わかりました」

そう返す口調さえもどこか冷ややかで——ルシアーノに興味がないというのが如実にわかる。

顔を合わせるのは朝食の時だけとはいえ、何日かたつうちに、彼女が自分の思っているような人間ではない気がしてきた。だが、彼女とは深く関わらない方がいいという思いに今のところ変化はない。

（本当にこれでいいのだろうか……いや、これでいいんだ）

考え事をしていたら、仕事に必要な書類を家に忘れてきてしまった。滅多にない失態にルシアーノは、ため息をつく。

機密書類を持ち出しているわけではないし、なければないでどうにでもなるが——軍の書類が家にあるままでは落ち着かない。誰か使いをやって取ってこさせよう。

来客を告げられたのは、そう決めた時だった。たずねてくるような客に心当たりがないまま階段を下り、そこで一瞬、動きを止めた。

そこにいたのが、思いがけず結婚した相手だったからだ。明るい灰色の散歩着に共布の帽子を合わせている、手にはパラソルを持ち、はつらつとした印象だ。

何より驚かされたのは、彼女の表情だった。

屋敷にいる時とはまるで違う。まさしく花のようなと形容するにふさわしい笑顔で、ルシアーノも名前を知っている男と話している。その様子を見れば、以前からの知り合いであることは明らかだった。

(……なんで彼には笑顔を向ける?)

その時、彼の胸を理不尽な思いがよぎった。

ティアに、普通の女性ならとうてい我慢ならないような契約を持ちかけたのは彼の方だというのに。

「まさか、君がティア嬢と結婚するとは思っていなかったよ。君の出征直前に結婚してたんだって?」

半ば追い払うようにしてルシアーノがティアを帰らせると、フェリクスは腕を広げてみせた。

「親が決めた相手だ」

結婚の時期については、少々認識がずれているが、いつの間にか結婚していたというのでは世間体が悪いので、訂正するのはやめておく。

「……なるほどね」

つれないルシアーノの返事にも、フェリクスは動じた様子など見せない。むしろ、完全に納得したという表情で、自分の職務へと戻っていく。

ティアから受け取った忘れ物を手に、ルシアーノは唇を引き結んだ。

胸をよぎったもやもやとした感じがなんなのか、自分でもはっきりとはわからなかった。

フェリクスについて調査するのは難しい話ではなかった。ちょっと水を向ければ、噂話くらいいくらでも向こうから飛び込んでくる。

その話によれば、フェリクスは二年前、ティアに求婚していたという話だった。本人同士の親密な付き合いはなかったが、親には求婚の許しを得るべく話をしていたようだ。だが、彼女の両親の許可を得ることはできなかった。

(親が娘を嫁がせたいと思う男ではない、ということだろうな)

冷静にルシアーノはそう分析する。フェリクスは常に女性に囲まれている。出征している間も、海軍の船が係留していた島で出会った女性と交際していたはずだ。親としては心配にならざるをえなかったのだろう。

（その点、俺は安全だという判断か）

自嘲の笑みが口元をよぎった。たいして面白みのある人間ではないことくらい自分でもわかっている。彼に寄ってくる女性は、巨額の財産か爵位、あるいは双方に興味があるだけだ。

妻と呼ばれている女性でさえ、彼の前で浮かべるのは作り笑いだ。フェリクスの前で見せていたような顔は目にしたことがない。

胸がもやもやするだけではなく、気が進まないこともあった。

（戦勝祝いか……）

ルシアーノの身分からすれば、同伴者なしで出席するわけにはいかない。約束の期日が来たら離婚する意思には変わりがないが、それまでの間はきちんとした夫婦であると世間に見せておかねばならない。

断られたら契約違反だと言うつもりでティアに話を持ちかけると、少々困った顔を見せながらも、最終的には引き受けてくれた。そのことにほっとする。

その時、ティアが何を考えていたのかなんて、彼は知る由もなかったし、自分からたずねようとする気もなかった。

第三章　夢のような夜

舞踏会の当日、ティアは朝から支度に余念がなかった。

前日モニカが届けてくれたのは、華やかな薔薇色のドレスだった。胸元は大きく開き、コルセットで腰を締め上げれば、柔らかな胸の膨らみの大きさがよりいっそう強調される。薄いシフォンの袖は丸く膨らんで、そこから続く腕の細さを引き立てていた。ドレスの上半身には余計な飾りはなく、そのままきゅっと腰を締め上げている。対照的にスカートはギャザーがたっぷりと寄せられ、何枚も重ねた布地がふわふわと揺れた。薔薇の花がスカート部分を飾り、腰に巻きつけたリボンを後ろで結ぶようになっている。

靴のサイズは合わないので借りることはできなかったけれど、手持ちの靴に薔薇色のリボンで作った飾りをつければ、ドレスと合わせて仕立てたように見えた。

髪は上半分だけを結い、下半分はこてをあてなくても自然なカーブを描く髪質を生かしてそのまま垂らす。髪にもドレスに合わせて薔薇の髪飾りを挿した。

ダイヤモンドを連ねた首飾りとイヤリングもまた、モニカからの借り物だ。身につけた時、あまりの重さにびっくりさせられた。

「……素敵」

メイドに化粧を手伝ってもらって鏡を見れば、いつもとは別人のような姿だ。こんなにも華やかになるなんて思ってもいなかった。初めて舞踏会に参加する興奮で、頬は紅潮し、瞳もきらきらとしている。

「……でも、ルシアーノ様はなんておっしゃるかしら」

だが、すぐに、ティアの浮き立った気持ちは一気に萎んだ。

彼がティアを同伴するのは、夫婦で参加しなければならないという決まりを守っただけのこと。必要以上にはしゃいだら、きっと見苦しいと思われてしまう。

（きちんとするってお約束だから……せめて、見苦しくないようにしないと）

メイドに促されて支度部屋を出る。玄関ホールに下りた時には、ルシアーノは既に待ちかまえていた。

彼が身につけている礼装用の軍服は紺色だった。金と銀で飾りを施した上着には、彼が受章した勲章がつけられており、いつもよりさらに立派に見える。

（ルシアーノ様は、文句なしに素敵なのだけれど……言えないわね）

きっと、ティアの口からそんな言葉を聞いても彼は嬉しくはないはずだ。だから何も言わず、口角を上げて笑みを作り、ゆっくりと歩み寄った。

「お待たせして申し訳ありません。私は、これでよろしいでしょうか？」

彼が気に入るかどうかは別として、見苦しくはないはずだ。おそるおそるルシアーノの

顔を見上げると、彼は一つ頷いた
「悪くない」

「……それなら……よかった……」

一緒に行く相手に見苦しくはないと確認できてほっとする。

(……一回くらいは、ダンスする機会があったらいいけれど)

ここ数年の間レッスンする機会もなかったが、モニカのところでおさらいはさせてもらった。その成果を生かす場があるかどうか。

それ以上はどちらも口を開かないまま、馬車に乗り込む。

動き始めた馬車の振動に身を任せたティアは、胸がどきどきしてくるのを感じた。

王宮の舞踏会なんて、一生出る機会はないと思っていた。そんな華やかな場所に、自分が足を踏み入れる機会があるなんて想像もしていなかったのだ。

(まさか、こんな状況で参加することになるなんて……)

ティアの心を占めるのは、不安と好奇心。

その好奇心に負けて、窓から外を眺めてみると、もう日は完全に暮れていた。道を行く人の数も、昼間と比べると格段に少なくなっている。

「……どうした?」

「何がですか?」

「落ち着きがないように見えるから」

声をかけられて、慌てて視線を彼の方へと戻す。正面から見つめられて、顔に血が上ってくるような気がした。

こんな風に落ち着きがなかったら、着いた先で何か失敗をしてしまうのではないかと不安がますます大きくなってくる。

「こういう場に出るのは初めてなので、緊張しています。何か失敗したら、きちんと言ってください。同じことを繰り返さないようにしますので」

そう彼に告げながら、改めて気を引き締めた。

自分はデビューを控えた若い娘ではないのだ。もう結婚していて、夫の同伴者として出席を許されただけのこと。浮かれている場合ではない、と自分に言い聞かせる。

(私がへまをしたら、ルシアーノ様が笑われてしまうもの)

不安に締めつけられる胸をぎゅっと押さえ、落ち着けと繰り返し言い聞かせる。やがて馬車は王宮へとたどり着いた。

「……私、大丈夫でしょうか」

馬車を降り、着飾った人達が次々に中に吸い込まれていくのを見ていると、不意にそんな言葉が零れ落ちた。

自分は本当にここにいていいのだろうか。とても場違いな気がしてならない。ルシアーノは口の中で何か言ったようだったが、ティアに深く追及させることなく、腕を差し出した。

（……エスコート……してくださる、の……？）

ルシアーノの連れとして参加している以上当然とはいえ、彼とまともに公の場に出るのは初めてだ。自分の役を果たさなければならないのはわかっていても、異性とこれだけ身近に接するのも初めてのことだったから、動揺する半面、きちんと扱われているようで嬉しくもなってしまう。

（……浮かれていてはだめでしょう。気を抜かない。自分の役目はしっかり果たさないと）

ルシアーノと共に入場すると、あちこちから嫉妬の念の交じった視線が突き刺さってくるのに気がついて、思わずたじろいでしまう。

（そうよね……ルシアーノ様と結婚したかった人はたくさんいるはずだもの）

身分、財力、そして容姿。どれをとっても魅力的なのはティアも知っている。

契約上の繋がりでしかない今の彼との関係を考えたら、そんな気持ちを過去に抱いていたことさえ忘れていた。

「ティア！　……まあ、とっても綺麗！　似合うわ！」

目ざとくティアを見つけて近づいてきたのは、モニカだった。一緒にいるルシアーノのことは視界に入っていないかのように完全に無視している。

借りるドレスを選んだ時に、モニカの前で試着したのだから、彼女は前にも見ているはずだ。でも、初めて見たかのように誉めてくれる。

「……ありがとう。モニカも素敵よ」

今日のモニカは、明るい紫色のドレスだった。素材や着る本人の容姿によっては下品に見えかねない色合いなのだが、あしらったレースが黒く、彼女の髪の色に合っていることと、最高級の布地を使った仕立てであることから華やかさだけが強調されている。ティアのドレス同様、上半身はぴったりと身体に密着していて、下半身は思いきりスカートが膨らんでいた。スカートにも黒いレースの飾りがふんだんに施されていて、モニカを妖艶に見せている。

「……そうでしょう？　今日初めて着るの。新作よ」

ふふ、とモニカが笑う。ということは、あれからまた仕立てたということだろうか。何着でも新しいドレスを仕立てることのできるモニカがちょっと羨ましくなったけれど、その気持ちは笑顔の下に押し込めた。

「えっと、あの……モニカ、こちら――」

ルシアーノとモニカを引き合わせていない。慌ててルシアーノの顔を見上げると、彼の視線はモニカの後ろに向かっていた。ティアは彼の視線を追った。そこに立っていたのは、モニカの夫であるアゼムール伯爵だった。

「……ティア、私の夫よ。アゼムール伯爵――結婚式の時以来かしら？」

「お久しぶりです、伯爵様」

モニカと伯爵の結婚式にはティアも出席していた。彼の部下であるルシアーノもその時出席していたのをティアは知っているけれど、彼の方はティアがその場にいたことさえ知らなかっただろう。

「……妻と会ったことがあるのですか」

「結婚式の時、一度だけ――我が家にはよく遊びに来てくれているようだが」

ルシアーノの問いに少々面白くなさそうな顔で、伯爵は答えた。その目がルシアーノを睨んでいるようにも感じられる。

（どうして睨んでいるのかしら？）

「……全然知りませんでした」

驚いたような顔のままルシアーノが返した。

（ルシアーノ様に、モニカと友達だと言うべきだったのかしら）

どうせすぐに別れるのだからと、彼の上官の妻と親友だという話はしたことがなかった。ルシアーノの方もそんな話を聞かされても困るだろう。

ルシアーノと伯爵は、他の招待客達と話し始め、自然にティアはモニカと行動を共にすることになった。

「飲み物をいただきましょうよ、喉が渇いたわ」

会場の隅には、衝立で仕切られた空間がいくつも用意されている。モニカはそのうちの一つにティアを引っ張り込んだ。

通りかかった使用人から、白ワインのグラスを二つ受け取り、一つをティアの手に押しつけてソファに腰かけ、座るようティアを促した。

「……あの人、何か言ってた？」

「何かって？」

モニカの質問の意味がわからない。首を傾げると、彼女はティアのドレスを指さした。

「それよ、それ」

「悪くないっておっしゃってた」

「悪くないって……それだけ？」

「ええ。ルシアーノ様の隣に立っても、見劣りしないってことだと思うけれど」

あきれた、とつぶやいたモニカは、グラスの中身を一気に空けてソファの背もたれに背中を預けた。

「そんなに綺麗にしたあなたを見て、悪くないって——ありえないでしょう」

「ルシアーノ様は、私に興味がないんだもの。見苦しくなければ、それでいいのではなくて？」

着ていくものが用意できない、とさえ言えないような関係だ。あと三カ月もすれば、この生活も終わるわけで、着飾ったところを誉めてもらえなかったくらいではなんとも思わない。

（モニカが似合うって言ってくれたからそれで十分だわ）

モニカが持って来てくれた白ワインのグラスをくるりと回す。爽やかな香りが立ち上ってくるのを楽しんでから、中身に口をつけた。

「……誰か、踊ってくれる人はいないかしら」

ティアはそうつぶやいた。

音楽に耳を傾ければ、酔いが回ってふわふわしてくるだけではなく、足がステップを踏みたがっているのに気づく。酔いの力を借りるのはどうかと思ったけれど、一曲くらい踊ったっていいではないか。二度とこんな機会はないのだから。

「あなたの旦那様は踊ってくれなそうだものね。いいわ、私の夫を貸してあげる」

小刻みに指先でリズムを取るティアを見たモニカは、衝立から出ると優雅に手招きした。少し離れた場所で立ち話を続けていたらしい伯爵が、モニカの手招きに従って、衝立の陰へと入ってくる。

「ティアが踊りたいらしいの。あなた、一曲踊ってあげてくださらない？」

「……それは夫君に頼むものだと思うがね」

「あなた、私の話を聞いてるでしょ？　頼むだけ、無駄よ」

そっけなく言うモニカに、伯爵は少々困ってしまったようだった。どうやら親友夫婦の間には、ティア達のことは筒抜けらしい。

「申し訳ありません。モニカは、私が舞踏会に参加するのが初めてだから気を使ってくれたんです……ルシアーノ様はダンスはあまりお好きではないようですし……その、失礼……いたします」

モニカが引き止めるのも聞かず、ティアはその場所を飛び出した。人混みの間を素早く縫い、広間から廊下へと滑り出る。向こう側から来る人にぶつかりそうになりながら、廊下を急ぎ足に進み、化粧室に入ったところでようやく息をついた。

（モニカにまで気を使わせるなんて……！）

踊ってみたいなんて自分のわがままだ。モニカに余計なことを言わなければよかった。この場に参加するための服も、他の手段で調達すべきだったのだ——どうして、モニカに頼ってしまったのだろう。

後悔する気持ちばかりが大きくなってくる。

借り物とはいえ、綺麗なドレスを着て、王宮の舞踏会なんていう生涯縁がないだろうと思っていた場所を見ることができた。それだけで満足すべきだったのに——それ以上を望んでしまった。

（……馬鹿みたい）

いくらルシアーノの上司とはいえ、モニカが伯爵に二人のことまで話しているとは思ってもいなかったから、動揺してしまった。動揺を見せるべきではなかった。

（大丈夫、ちゃんと振る舞える……戻ったら、まず伯爵様に謝らないと）

最初から何一つ期待すべきではなかったのだから――軽く化粧を直してから、広間へと戻ることにする。ドレスの裾を少し持ち上げ、一目散に会場を目指していると、廊下をうろうろしていたルシアーノと行き会った。

「ルシアーノ様。こんなところでどうなさったのですか？　勝手に会場を離れて申しわ――」

「来い」

「え、ちょっと、あの――！」

ティアが詫びの言葉を口にする前に、腕を掴まれる。その表情は強ばっていて、ティアを怯えさせた。

「あの、本当に申し訳……」

せめて一回くらいは謝らせてほしい。慌てて言葉を続けようとするけれど、ルシアーノはそうはさせてくれなかった。扉を開き、たくさんの人がいる広間へとティアを連れ戻す。

「踊りたいのだろう？」

彼からの思いがけない言葉に、ティアはきょとんとしてしまった。たしかに踊りたいとは思っていたが、ルシアーノが一緒に踊ってくれるとはまったく考えていなかったのだ。

「あまり得意じゃないが、君を楽しませるくらいのことはできるはずだ」

「いいの……ですか？」

「離婚の手続きを始める前に、仲が悪いわけではないと見せておいた方がいい」

（ああ……そういうこと……それならきちんとしておくべきね）

きっと使用人達の前だけではなく、こういった場でもそう振る舞う必要があるのだろう。彼がそうしておいた方がいいというのなら、ティアとしては従うだけだ。

ティアは、ルシアーノに導かれるようにしてフロアへと滑り出た。モニカのところで何度かおさらいさせてもらっただけだが、大丈夫だろうか。不意に不安になったけれど、その不安は無用だった。

お手本にしたいくらいの正確さで、ルシアーノはティアの腕を取り、腰に手を置く。そしてゆっくりと動き始めた。

余計なことは考えずに、ただ彼の動きに合わせる。子供の頃に習ったことは、意外と忘れないものらしいし、おさらいをしておいたから準備はできている。たしかにルシアーノのダンスはただ正確なだけで、上手いとは言えなかったけれど、それはティアだって似たようなものだ。

彼がティアをターンさせれば、ドレスの裾がくるりと翻る。一曲目が半分終わる頃には、ティアも余裕を取り戻していた。

「……とても、楽しいです！」

感情を素直に口にすると、彼は驚いたように目を見はった。返答はなかったけれど、それも気にならなかった。

一度でいい。こういう風に踊ってみたかったのだ。楽しいという気持ちが膨れ上がってきて、足はますます軽やかに動く。ティアの周囲にいる人達も、楽しそうにダンスに興じていた。

一曲目が終わったところで、ルシアーノはティアを先ほどの休憩場所まで連れて行った。親友とその夫の姿はなくなっていた。きっと彼女達もダンスに行ったのだろう。

「飲み物を持ってくる」

ルシアーノはそう言うなりティアを残して出て行った。衝立に身を寄せるようにして、遠ざかっていく彼の姿を見送る。

（……まさか、ダンスまでしてくださるとは思っていなかったから……嬉しい）

胸のあたりに、ぽっと小さな明かりが点ったような気がした。彼がティアにあまりいい印象を持っていないことくらい知っている。

毎日海軍省に行く必要はないのに出かけていることも、極力夕食を家でとらないように

外ですませていることも。

それなのに、踊りたがっているティアの相手をわざわざしてくれた。申し訳ないような気がする半面、嬉しいとも思ってしまう。

「やあ、元気にしてる？」

衝立越しにフェリクスが声をかけてきた。彼ともそんなに親しいわけではないけれど、こうやって顔を知っている人に会うと安心する。口元に笑みが浮かんだ。

「フェリクス様、こんばんは」

「今日の君はすごく綺麗だ。そのドレス、よく似合っているよ」

「まあ、あいかわらずお上手ですね」

こうやって、顔を合わせた瞬間に誉められたら悪い気はしないから、フェリクスが女性に人気があるのもよくわかる。今日はいつもより華やかに装っているからなおさらだ。

「そういえば、ルシアーノは？」

「飲み物を取りにいかれました」

「そうか、さっきフロアにいるのを見たよ。彼がダンスするのは珍しいから気になった。君もとても綺麗で目立ってたしね」

「誉めてくださってありがとうございます。ルシアーノ様は、一曲だけって私のわがままを聞いてくださっただけなんです。ダンスは、あまりお好きではないみたいですね」

くすくすとティアは笑う。正直に言ってしまえば、率直な誉め言葉は耳に心地よい。こんな風に華やいだ気持ちになるのはいつ以来だろう。

フェリクスに恋心を抱いているというわけではないが、誉められたら嬉しくなるのは当然だ。異性に誉められるなんて滅多にあることではないから、余計に嬉しくなってしまう。

「そう？　ダンスが好きじゃないなら、ルシアーノが帰ってきたら、君を貸してくれるように頼んでみようかな。俺はまだまだ踊り足りないし」

「――断る」

強い口調での拒絶の言葉に、ティアは飛び上がりそうになった。グラスを二つ手にしたルシアーノが、不機嫌な顔をしてフェリクスの脇から衝立の内側に入ってきたところだった。

「フェリクス、君と踊りたがっているご令嬢なら、あちらにたくさんいるぞ。人妻にまで手を出すことはないだろう」

「……わかったよ。人妻に手を出す趣味はないし、ちょっと話していただけさ。じゃあね、ティア。またそのうちどこかで顔を合わせたら話そうか」

ひらひらと手を振ったフェリクスは、それきりティアの方を見ることなく立ち去った。

「そこに座れ」

「……はい、ルシアーノ様」

彼は目線で置かれたソファを示し、ティアは彼の指示に従っておとなしくそこに座る。ルシアーノはティアのことを『人妻』と言ったけれど、形だけのものだし、実感なんてない。

だが、あまり長い間他の男性と話をしていたのはまずかった。ルシアーノに恥をかかせたわけでなければいいのだが。

「……申し訳ありませんでした」

先ほどまでのうきうきとした感情は、完全に消え失せていた。顔から表情を消して、ティアは詫びの言葉を口にした。

「いや、踊り足りないなら何度でも付き合う。君が疲れているんじゃないかと思っただけだ」

(……どうして、そんなことを言うのかしら)

ルシアーノの言葉に、先ほど点った胸の小さな明かりが少し大きくなったように感じる。こんな風に思うのは間違っている——だって、彼とはもうすぐ終わってしまうのだ。この楽しい時間をあともう少しだけ延ばせるなら——いや、やはりだめだ。

ティアは首を横に振った。

「……いえ、もういいです。ありがとうございました」

得意ではないとわざわざ断るあたり、あまり好きではないだろうに何度も付き合わせるわけにはいかない。彼が持って来てくれたワインを受け取り、ちびちびと口にする。

「本当に？」

隣に座った彼が急に身を乗り出してきた。ぎゅっと心臓を掴まれたような気がして、ティアはグラスを持っていない方の手を心臓の上にあてる。自分が思っていたよりもずっと、そこはどきどきとしていた。

「……お好きでは、ないでしょう？　ですから、もう十分です」

いやいやティアを連れてきたというのに、これ以上付き合わせるのは気の毒だ。そう思っての発言だったけれど、彼は何かが不満なようだった。

「いや、俺が踊りたい。他の女性を誘うわけにもいかないから、君に付き合ってもらう」

「……いいの……ですか……？」

(どうして、ルシアーノ様は、こんなことをおっしゃるのかしら)

得意ではないという言葉から、あまり好きではないと思ったのは誤解だった？　それとも、無理をしてティアに合わせてくれているのだろうか。

ルシアーノが踊りたいというのなら、体力の限界まで付き合うだけの話だ。でも、ほんの少しだけ、心が浮き立つのをティアは感じていた。

帰宅したのは明け方近くになってからだった。

さすがのルシアーノも、今日は海軍省に行くのはやめたようで、午後になってから、図書室で本を読んでいたティアのところにやってきた。

「おはよう――いや、もう昼過ぎか」

「そうですね、でも、おはようございます」

昨夜の出来事が少しだけ二人の距離を縮めてくれた、なんて言ったら言いすぎだろうか。本来ならそんな必要はないのに、彼は日付が変わるまでティアに付き合って何度も何度もフロアに出てくれた。夢のような時間だったし、きっと昨夜のことは一生忘れないだろう。

「君に話がある」

「なんでしょう？」

今度は何を言われるのだろう。不安交じりの眼差しが、床に落ちた。あまり無茶な要求でなければいい、とは思うがよほどのことでない限り断ることもできない。

「実は、今朝になって招待状がいくつも届けられたんだ。そういえば、君のお披露目もしていなかったから、引き合わせてほしいらしい」

「……でも」

（……引き合わせるって……もうすぐ離婚するのにそんな必要があるのかしら）

ルシアーノの言葉は、奇異なようにティアの耳には響いた。

（それに……ドレスもないし……）

一度だけのことだと思ったから、モニカに借りて間に合わせたのだ。あちこちの招待を受けるとなると、毎回借りるわけにもいかない。

では、どうしたらいいのだろう。なんと返事すればいいのかわからなくて、ティアは口を閉じた。

「断るわけにはいかない招待がいくつもあってね。だから——すまないが、着るものを仕立ててもらわなくてはならない」

「……え？」

「後は何が必要なんだ？　靴？　宝石？　俺にはわからないから、必要な品は全部揃えてくれ」

「えっと……それは、あの、買い物をするということですか？」

そう口にしたティアの声は、悲鳴交じりでいつもより幾分高くなっていた。もうすぐ離婚するというのに、新しいドレスを仕立てるなんて、なんて無駄遣いなのだろう。

「……当然だ。一緒に出かけてもらわなければならないんだからな」

「……そんな」

なおもティアはためらった。もうすぐ終わる関係なのに——どうして、お披露目なんてする必要があるのだろう。距離を詰めてきたルシアーノが、間近からティアを見下ろした。

「頼むから、仕立ててくれ。女性はシーズンごとに服を作るんだろう？　君が一緒に来てくれないのなら、俺が困る」

（……ルシアーノ様を困らせるわけにはいかないけれど……）

本当に、いいのだろうか。困惑に視線を泳がせると、頼むとルシアーノが繰り返す。

「……わかりました。ルシアーノ様のよろしいように」

何度拒んでも、彼は説得を繰り返し、最終的にティアが折れた。

結婚生活を続けている間は、彼の言う通りにすべきなのだろう。何着くらい仕立てればいいのか、とか、予算はいくらなのか、とかたずねたいことは山のようにあるけれど、口にすることはできなかった。

「よかった。それなら、今から出かけよう。まずはドレスを見に行くんだ」

「……え？　あ、はい……では、外出着に着替えますね」

「下で待っている」

そう言う彼の表情は柔らかくて、ティアは戸惑った。昨日の今日でずいぶん彼の雰囲気が変わったような気がする。何があって、こんなに急激に変化したのだろう。

外出用の青いドレスに着替え、ティアは自分の顔を見てみた。昨夜の疲れが顔には出ていないことに安堵する。

馬車に押し込まれて連れて行かれたのは仕立屋だった。実家にいた頃、ティアが行きつけにしていた店よりはるかに立派で、仕立て上がりの既製品も置いてある。鮮やかな色の洪水に、目が回りそうになった。

「三着もあれば十分ですよね？」

「いや、五着は必要だろう——いや、十着。それだけあれば着回せるか？」

「私の身体は一つなのですが」

それきりティアは絶句してしまった。たしかに招待された時に恥ずかしくないようなドレスは一着も持っていないから、用意してもらえるのはありがたい。だが、あと三カ月で結婚生活が終わることを考えると、十着はいくらなんでも多いと思う。

さんざんやりあった末に間を取って七着。全て仕立てていたら、近い招待には間に合わないからという理由で、三着は既製品を直してもらうことにする。

これだけでもとんでもない金額がかかったであろうことは簡単に想像できる。でも、具体的な金額をたずねるのはあまりにも恐ろしくてできなかった。

次にルシアーノがティアを連れて行ったのは、代々彼の家と取引があるという宝石商だった。

「——無理です！　そんな高そうなものなんてつけたら、緊張して死んじゃいます！」

豪華な宝石を差し出され、ティアは思わず大声を上げてしまった。ルシアーノが店員に命じて、次から次へと首飾りや指輪を持ってこさせるのはいいのだが、そのいずれもが目の飛び出てしまいそうな値段なのである。

ウズラの卵ほどもありそうなサファイア。深く赤い輝きが魅力的なルビー。神秘的な光を放つオパール。そして、ティアの瞳と同じ色のエメラルド。その他琥珀に真珠にダイヤモンドと次々に並べられる品は、ティアの目から見ても高価なものばかりだった。

(この指輪一つで実家が買えそうよ……!)

借金の返済に両親共々奔走していた頃、家を売りに出そうかという話をしたことがある。貴族とはいえ、さほど高い身分ではなく、領地もないティアの実家は屋敷というよりは庭付きの家という方が近かった。

その頃具体的な価格の話もしっかり耳にしていたから、今ティアの目の前にあるダイヤモンドの指輪の値段と実家の値段をなんとなく比較することができた。

(……ひょっとしたら、あの家よりこの指輪の方が高いのでは……!)

親指の爪ほどもありそうなダイヤモンドをまじまじと見つめてしまう。ティアの様子がおかしかったらしく、ルシアーノは小さく笑った。

「では、ここにある品を全部——」

「多すぎます! だいたいあと——」

三カ月もすれば離婚なのに、と言いかけて慌ててその口を閉じた。まだ、離婚のことは世間に知らせるわけにはいかないのだ。

「君が使わなければ、他の誰かが使うだろう。義母上も、妹もいることだし」

「そ、そうかもしれませんけれど……」

たしかに宝石は腐るものでもないし、趣味に合わなければ作り直せばすむ話だ。きっと、ティアが屋敷を出た後、義母とルシアーノの妹の二人で分けるのだろう。

（それなら……お借りするつもりで……）

その後、ルシアーノはさんざんティアを引っ張り回し、家に帰り着いたのは夕食には遅い時間となってからだった。

◇◆◇

戦地から戻ってきたルシアーノを囲む人々の輪からようやく抜け出し、ティアのいる休憩場所へと足を踏み入れた彼は、その場に立ち止まってしまった。

そこには彼の上官であるアゼムール伯爵と、その妻であるモニカしかいない。モニカと一緒にいたはずのティアは、姿を消していた。

「ティアなら、廊下へ行きましたわよ？　リカルド様、私、ワインが欲しいの。取ってきてくださる？」

モニカのグラスは既に空。半分残された状態で置いてあるのは、ティアが飲んでいたグラスなのだろう。

「わかった」

愛情たっぷりのキスを彼女の額に落とし、上官はルシアーノの側を通り抜けて姿を消した。

彼女が本性を見せたのは、そうやって夫を追い払った直後だった。優雅に扇で口元を覆った彼女は、片方の眉を器用につり上げてみせた。目元は笑っておらず、明らかに怒りの表情だ。

（……なぜ、彼女は怒っているのだろう）

いきなり怒りを向けられるなんて理不尽だと思う。ルシアーノはそれでも上官の奥方だから、と丁寧にモニカに対応しようとした。

「あなたのお宅は、そんなに困窮してらっしゃるの？」

口元から扇を離したと思ったら、ぱちんと音を立てて勢いよく扇を畳む。開口一番、投げつけられた言葉の真意が理解できないルシアーノに、モニカは続けて言ってのけた。

「あなたの奥様、着るものがないって困ってらしたわよ？　今回は私の服と宝石をお貸ししましたけど、毎回あてにされては迷惑ですわ」

「……え？　今、なんと？」

思いがけない言葉に、とっさに上手く返すことができない。狼狽えるルシアーノの方へ、モニカは身を乗り出してきた。

「だから、今日ティアが着ているのは私のドレスだって言ってるの。おわかり?」

そう言いながら、彼の目の前で畳んだ扇を振り回す。

なぜ、という言葉が、ルシアーノの頭の中を駆け巡った。舞踏会に出席するようにと言った時、ティアは断らなかったではないか。

(いや……出席したくなさそうではあった)

当日病欠できないかと口にしていたことを思い出す。ならば、素直に着ていくものがないと言えばよかったではないか。自分はそこまで吝嗇《りんしょく》家というわけではない。

「……あと三カ月。そのためだけにドレスを仕立てるのは、無意味だと思ったのですって。あなたも彼女を連れ出すのは今日だけでしょうし、このくらいで勘弁して差し上げますけど。ああ、リカルド様」

ルシアーノに向けていた、美しいながらもどこかトゲのある表情とは違って、夫に向ける眼差しはどこまでも蕩けそうだ。

「ねえ、踊ってくださるでしょう? 私、とても楽しみにしていたんだから」

「もちろんだとも」

夫に取ってこさせた飲み物もしっかりと空にしてから、モニカは今度はダンスをねだる。自分よりはるかに年下の娘にでれでれしているようにも見えかねない表情で、伯爵は妻の手を取った。

フロアへと出て行く二人を見送りながら、ルシアーノは自分の考えの中に沈み込んでいた。

友人の招待に応じることがあるとは言っていたが、彼の知る限り、彼女は滅多に外出しない。義母が毎晩のように出歩いているのとは対照的に、一日家で過ごすことが大半だ。使用人に確認したから、その点は間違いないと思う。

必要な費用なら、けちらずに出すと彼は決めている。言ってくれさえすれば、今日に間に合うようにきちんと準備を整えてやったものを。

（いや……俺は、彼女の話をきちんと聞いたことがあっただろうか）

不意に、反省の念が込み上げてくるのを彼は感じた。今まで、一度たりとも彼女と正面から向き合ったことはなかった。

友人に着るものを貸してくれと頼まなければならないなんて、どれだけ恥ずかしい思いをさせたのだろう。彼女に対する愛情は存在しないが、少なくともその点については悪かったと思う。

こういった場に出るのは初めてだと彼女は言っていた——ならば、彼は彼できちんと務めを果たすべきだろう。

ためしに、とダンスに誘えば、楽しそうについてくる。ステップを踏む、身を寄せ合う、離れて、ターンして——。彼自身は、こういったものは得意ではないが、彼女は実に楽しそうだった。

「ありがとうございます……とても、楽しかったです」

（……こんな顔もできるのか）

ルシアーノは驚いた。たしかに美しい容姿の持ち主だとは思っていたが、彼にとっては美貌などなんの意味も持っていなかったし、自分の屋敷に入り込もうとする異分子でしかないティアをじっと見ることなんてなかった。

だが、こうして素直な表情を見せてくれる彼女の態度が、不意に好ましいものに映る。

（ティアに対する認識を、少し改めるべきなのかもしれない）

そう思ったのは、できるだけ公平な人間でありたいという彼自身の考えからすれば、それほど不自然なことではなかった。

彼女ばかりを責めてきたが、ルシアーノが戦死した場合には、財産を守るという役を引き受けてくれたのではないか。

それに、と彼は自嘲もまじえて考えた。

実際のところ、貴族の結婚において純粋に恋愛感情で結婚生活を成立させている者なんてほとんどいない。彼の上官のところは例外のように見えるが、あれだってもともとは両家の結びつきを強めるための縁組みでしかなかったはずだ。

（だとすれば、このまま関係を維持するのもいいかもしれない）

それは、あまりにも身勝手な言い分であることを——彼は自覚してはいなかった。

翌日、彼はティアが遅い朝食をとっている隙に彼女の部屋のクローゼットをのぞいてみた。そこに下げられているのは、女性の衣装に詳しくない彼にも、舞踏会や晩餐会に招待された時には着用しないだろうと思える衣服ばかりだった。

控えめな宝飾品がいくつか置いてあるのは、実家から嫁ぐ時に持って来た品なのかもしれない。家計の記録に載っていたような、豪奢な宝飾品は一つたりともなかった。ドレスも、内輪の席ならばいいだろうが、昨夜のような華やかな場に出るならばもの足りない。

「……となると、義母上のところか」

義母に女主の使う部屋をいまだに占領させているのは、ティアとの結婚生活はどうせ半年しか続かないだろうという考えからだ。

昨夜の舞踏会には招待されておらず、別の舞踏会に行った義母は、まだ帰宅していない。

彼女の部屋を確認するならば、今をおいて他はない。

ティアの部屋を抜け出し、今度は義母の部屋へと向かう。扉を開くと、その向こうには彼が知っていたものとはがらりと変わった光景が広がっていた。

もともと、ここは彼の母が使っていた部屋だった。あの頃は、白一色の壁紙に、青いカーテンが掛けられていた。主が変わった今は、草木の模様が描かれた壁紙に、茶のカーテンへと掛け替えられている。室内の家具も、ベッドをのぞいては全て入れ替えられているようだった。

「本当によろしいのですか？」

「ここは、俺の屋敷だ。お前だって、それはわかっているだろうに」

女性の部屋に無断で入り込んだあげく、クローゼットを開けるなんて、と家令が渋い顔をするのもわかる。ルシアーノだって、できることならこんなことはしたくないのだ。

だが、クローゼットを開いた彼は、そのまま動きを止めてしまった。扉の向こう側は、ティアのクローゼットとはまるで違っていた。

必要最低限と思われる数の服しか持っていないティアのクローゼットとは違い、色とりどりのドレスが扉を開いたとたん目に飛び込んでくる。中に置かれていた宝石箱を手に取ってみれば、そこには大粒の宝石がきらきらと輝いていた。

「……帳簿をくれ」

ルシアーノが手を伸ばすと、家令はたずさえていた帳簿を主に差し出す。ルシアーノは、帳簿に書かれている品と、宝石箱の中身を比べ始めた。

（……つまり、俺がいない間、あの人は自分の買い物に勤しんでいたということか）

そして、さほどたたないうちに、彼は一つの結論へとたどり着いた。帳簿には、宝石屋への支払いとは書かれていても、誰が買ったのかまでは記されてはいない。目につく限りでは、全て義母の買った品だった。

ルシアーノは額に手をあてる。

（これでは……ティアは友人に借りるしかなかったはずだ）

うかつと言えばあまりにもうかつだった。家のことは全て義母に任せていた――彼女の浪費が、屋敷を傾かせるほどのものではないことも、きちんと確認できていたから問題ないと思っていた。

舞踏会への同行を求められて、困っていたティアの顔を思い出す。自分がとんでもない悪人のような気がしてきて、彼は嘆息した。

「……しばらくの間、義母上には慎むように言っておく」

本来なら、彼女を本邸から出し、同じ敷地内にある離れの小さな家にやるべきなのかもしれない。ただ、義母がいなくなった後、家のことを誰に任せるのかという問題も出てくる。

（……俺は彼女とどう接するべきなのだろう）

混乱したルシアーノは、無意識にクローゼットの中を見回した。自分が義母にどう対応してきたのかを考えれば、反省しなければならない点もある。

「……なんだ、この箱は」

その箱を手に取ったのは、ほんの出来心だった。クローゼットの隅に押し込められていた箱は、本来ならルシアーノの興味を惹くような品ではなかった。

だが、今となっては、義母の浪費の証しかもしれない——はっきりそう認識していたわけではなかったが——そんな思いからルシアーノは導かれるように、その箱を手元に引き寄せていた。

最初に目に飛び込んできたのは、きちんと畳まれた男物のシャツだった。

取り出してみれば、その下には何通もの封筒が入っていた。見覚えのあるレターセットは、この屋敷で使うために特注した品。金の縁取りのある封筒に、細く、整った字で彼の名が記されている。

こんな字を書く人物に心当たりはない——と思いながらも、ルシアーノは手紙の宛先が自分になっているのをいいことに封を切った。

（……これは）

開いたことを、後悔した。いや、後悔したのは開いたことではなく、この手紙の差出人の気持ちをまるで考えていなかったことだ。

彼が手に取ったのは、結婚してから三カ月目あたりにティアが書いた手紙だった。彼の様子を気づかい、屋敷のことは心配しないでほしい、と書かれているが、自分のことについては何一つ書いていない。

まだ他に何通も手紙が残っていることに気づき、ルシアーノは持ったままだった帳簿を家令に押しつけた。

「この箱は、俺の部屋に持って行く。お前は、口を閉じておけ」

家令は無言のままルシアーノに頭を下げる。それから、帳簿を元の場所に戻すべく静かに部屋を出て行った。

箱を抱えて自分の部屋に戻ったルシアーノは、何かに取り憑かれたかのように次々に封を切って中身に目を走らせていく。そしてそれを日付の順に並べていった。

最初の一通はぎこちなかった。彼のことを「ルシアーノ様」と名で呼んでいいかとたずねる一文は、緊張のためか少し震えた字で書かれている。

二通目、三通目と続く手紙には、きちんと家を支えるから安心してほしいこと。自分のことも少しだけ知ってほしいということ。よき妻になれるよう、できるだけ努力すること――そんなことが少しずつ書かれていた。ティアの精一杯の気持ちが込められているようだ。

もし、この手紙の存在を知っていたなら――彼は、なんと返しただろう。

返事が戻ってこないにもかかわらず、ティアは手紙を書き続けていた。最初は週に一回の割合で。それから少しずつ間が開いていって、内容もどんどん短くなっていく。

手紙によれば、一緒に箱におさめられていたシャツは、ティアが彼のために用意したものだった。新しく開発された素材を使っていて、冷えにくいらしく、「これをお召しになったら、海の上でも寒くないと思います」という一文を見つけた時は、自分を殴りつけたい気になった。

最後の一通には、「無事のお帰りをお祈りしています」としか書かれていなかった。記されていたのは、書類上、ルシアーノとティアが結婚してちょうど一年がたった日の日付。

(……俺は、なんということを)

なぜ、彼女は何も言わなかったのだろう。手紙に一度でも返事をくれなかったではないかとなじってくれていたら、こんなことにはならなかった。

(……いや、違うな)

苦笑交じりにルシアーノは最後の一通を箱の中に戻した。最初から彼女の話に聞く耳を持たなかったのは、こちらではないか。

(彼女を、屋敷から追い出すことしか考えていなかった)

事情があるのは、彼もティアも変わりないというのに——。

(では、彼女に対して何ができるのだろう)

今の彼女は、彼に対して不信感しか持っていないはず。そう仕向けたのは彼の方だ。

——ならば。

全力でティアの信頼を取り戻す努力をするしかないだろう。そう決めると、まずは何ができるのかを考え始めるのだった。

第四章　重ならない心

たくさんの買い物をしてから数日後。ティアはまた驚かされることになった。

「一つ、お聞きしてもよろしいでしょうか……これはどういうことですか」

今朝、朝食の席に下りてきたら、ティアの席に観劇のチケットが置かれていたのだ。

「君と一緒に行こうと思って……夫婦で招待されたから、一緒に来てもらわなければ困る」

「……でも」

最初に約束していた離婚の時期まで、もう三カ月を切っている。ドレスを買ってもらっておいてこういう言い方はどうかと思うが、ティアをあちこち連れ回すのは問題なのではないだろうか。

「何か不満でも？」

「いえ、不満というわけではなくて……本当に私がご一緒しても？　もうすぐ、あの、期限が来るのによろしいのかと思って」

彼が誘ってくれるのに不満なんてないのだが、本当にティアは一緒に行っていいのだろうか。もうすぐ離婚の日が来ることをこわごわと言うと、彼は眉根を寄せる。

「君はそんなことは心配しなくていい。夫婦で招待されているんだから、君が来なかったら意味がないだろう」

「……そうですね」

彼の顔を見ることができなくて、並べられた朝食に視線を落とす。やっぱり、あれこれ買い求めたあの日にもっと反対しておくべきだったのだろうか。こんな風に一緒に出かけることに、罪悪感というか後ろめたさのようなものを感じてしまう。

「今夜は、あのグリーンのドレスがいいと思う」

ルシアーノが指定したのは、先日買い求めたドレスだった。仕立てるのでは間に合わないからと、選んだ既製品のうちの一着だ。淡いグリーンのドレスは、襟ぐりはそうでもないものの、背中の方は大きく開いていて肩胛骨のあたりまで見えるとても大胆なデザインだった。

「……わかりました。では、そうしますね」

何を着ようかこれから考えようと思っていたから、彼が指定してくれた方がありがたかった。淡いグリーンに、真珠をあしらえばきっと素敵だ。どうして、彼が急に親切になったのだろうという点については、少し疑問が残るけれど。

(そうよね、一人で出かけるわけにはいかないものね……それはわかっているけれど……こんな風に振る舞われたら、どう対応すればいいのかわからなくなる)

ティアがこの屋敷を出る日までは、世間に不仲なところを見せるわけにはいかないのだわれていたようだから。先日の舞踏会でも、それまでティアを連れて出なかったことにあれこれ言われていたようだから。

夕方になって、メイドに手伝ってもらいながら身支度を始める。

淡いグリーンのドレスは、襟元に多数のきらきらしたビーズが縫いつけてあった。髪を結ってもらい、首には大粒の真珠を連ねた首飾りを巻きつける。背中が大胆に開いていて、肌を見せてしまうのは恥ずかしいから、髪の下半分は前回同様垂らしておくことにした。

出かける支度を終えたティアが玄関ホールに下りていくと、ルシアーノもまた着替えを終えて待っていた。今日は軍服ではなく、黒の正装を身につけている。彼の長身に正装がよく映え、ティアはどぎまぎとして視線をそらした。

「……思ったとおり、よく似合う」

「あ、ありがとうございます……」

お礼の言葉を述べたけれど、どうもしっくり来ない。ルシアーノから誉められるなんて、初めてのような気がする。

「明日から、しばらく休暇を取ったんだ」

「お忙しかったですものね。しばらくのんびりできるのならよかったと思います」

ルシアーノのこの言葉は、何かの罠？　警戒する気持ちが、ティアの口を重くする。彼がティアを信じていないことくらいよくわかっている。休暇は別に過ごすとでも言われるのだろうか。

「君は、森は好きか？」

「森……ですか？」

不意にルシアーノが話題を変えて、ティアは戸惑った。森なんて、ティアには縁がない。領地を持っている貴族なら、社交シーズン以外の時期はそこで過ごすのだろうけれど、ティアの実家は都にあるから、一年中都で過ごしているのだ。

「こまごまとした用事を片づけたら、休暇の間、別荘に行こうと思ってる。小さな家だが、よかったら君も一緒に来ないかと思って」

「……私も、一緒に行かなければいけませんか？」

「できれば」

突然の誘いは、何を意味しているのだろう。たしかにティアはなんの用事もないまま屋敷にいることが多く、滅多に予定も入れていないから急に同行を求められても問題はないのだが――例えば今日のように。

「あの、どうして」

「いいところだから、君にも見せたいんだ。きっと気に入ると思う」

わざとやっているのだろうか。ティアの問いを、ルシアーノはさらりとかわしてしまう。

ティアが聞きたかったのは、どうして自分を連れて行くのかということだったのに。

「荷造りはメイドに任せておけばいい。必要な品は彼女が用意してくれるだろうから、問題はない。乗馬はできる？」

「したことがないです」

狩りに招待されるようなこともないし、実家は馬を飼えるほど家計が潤っているわけでもない。だから、生まれてから一度も馬に乗ったことはなかった。

「俺でよければ教える。少し練習したら、遠乗りに出かけられると思うよ」

（……この方は、何を考えているのかしら）

なぜ、今さらティアに対して親しく接しようとしてくるのかわからない。けれど、ぎくしゃくした空気が漂うよりははるかにまし、と自分で自分に言い聞かせることにした。

招待された、と彼は言っていたけれど、招待してくれた夫婦はどうやら来られなくなったようで、劇場のそのボックスにいるのはティアとルシアーノの二人だけだった。

「……ボックス席なんて初めてです」

ティアは視線を下に向けてみた。芝居を見たことがないとは言わないが、今までは下の土間席を取るのがせいぜいだった。こうやって舞台がよく見えるボックス席にいるのがとてつもない贅沢に思えてならない。

「評判の芝居らしい。楽しむといい」

「……はい」

二人でボックス席を独占するなんて、あまりにも分不相応に感じられてどきどきしてしまうけれど——おそらく、ルシアーノにとってはいつものことなのだろう。彼はティアとは対照的に、落ち着き払った様子で椅子に背を預けていた。

「……わ、ぁ……！」

思わず感嘆の声を上げたのは、舞台がきらきらと輝いて見えたから。隣にルシアーノがいるのも忘れて、舞台に見入ってしまう。

「……すごいですね！」

思わず、彼の方に身を乗り出していた。だが、そんなことは全然気にならなかった。

「……ああ。俺はあまり興味はなかったんだがな。思っていたよりいいと思う」

困ったような顔でルシアーノが笑うのをよそに、ティアは完全に舞台にのめり込んでいた。音楽、衣装、物語——舞台の上で繰り広げられる光景から、目を離すことができない。

幕間もその興奮はさめやらず、頬を紅潮させたまま夢中で話し続けた。

「ああ、とても楽しかったです。ありがとうございます！」

帰りの馬車の中で素直な気持ちを言うと、ルシアーノは少々目を丸くした。どうやら、ティアの発言が意外だったようだ。

「ああ——いや、楽しんでくれたならよかった」

脇を向いて、ぼそぼそと言う彼は、どういうわけか照れているようにも見えた。

◇◆◇

そして翌々日。ティアはメイドに手伝ってもらって、新しく届いたドレスを身につけた。深い青のドレスは、裾に銀と白で草花をモチーフにした刺繍が施されている。上半身はぴたりとティアの身体に合い、太めの肩紐がついており、腕を覆う袖はない形だ。胸元に施されているのは、裾と同じ意匠の刺繍だった。首飾りとブレスレットはダイヤモンド。髪飾りとイヤリングも揃いのもので、ティアの容姿を最大限に引き立ててくれていた。

階段を下りていくと、玄関ホールで待っているルシアーノの姿が見えた。そんな必要なんてないのに、いつも彼はティアを待ってくれている。きっと、ティアを待たせまいとする配慮なのだ。

だが、彼はティアを見た瞬間、目をそらしてしまった。

「今日は、とても……綺麗だ」

横を向いたまま、彼がさらに言葉を重ねる。綺麗？　誰が？　思わぬ言葉に混乱して、ティアはただ手を開いたり閉じたりすることしかできなかった。

(照れているように見えるのは……気のせいかしら。気のせいよね、きっと)

ルシアーノがティアに照れる必要なんてまるでないのに。ティアは、彼の腕を借りて馬車へと乗り込む。

二人が舞踏会の会場に入った時には宴もたけなわだった。あちこちに人の輪ができて、歓談している。今日はモニカは招待されていないのだろうか。無礼にならないように注意しながらきょろきょろとしてみるが、彼女の姿を見つけることはできなかった。

「飲み物は？　それとも先に一曲だけ踊るか？」

顔を寄せたルシアーノが、まじまじと見つめてくる。真っ赤になって、ティアは目をそらした。どうして、彼はこんなに顔を寄せてくるのだろう。

「……どうする？」

「踊っていただけますか？」

ルシアーノとこうやって過ごす期間は、それほど多く残されているわけではない。それならば、とティアは彼に笑顔を向ける。

(どうせなら、お互い気持ちよく過ごした方がいいものね)

彼がティアに気を使ってくれるというのなら、無下に退ける理由なんてない。それに――彼とダンスをするのは嫌な気分ではないのだ。

ルシアーノに導かれてフロアに出る。一曲だけ、と言ったくせに彼はティアを手放そうとはしなかった。ティアが音を上げるまでフロア中を引っ張り回し、疲れ果てたところで会場隅のソファへと座らせてくれる。

（……なんだか、変な感じ）

人混みの向こうに消えていく彼の後ろ姿を見送って、ティアは小さく笑った。初めて顔を合わせた時には、こんなことになるなんて思ってもいなかった。

（たぶん、恋とか愛とかではないのだろうけれど……強いて言うなら、仲間意識かしら）

今、彼と彼女は大きな芝居をしている。離婚の日まで円満に過ごしていると周囲に思わせるための芝居を。

「君も来ていたのか」

物思いにふけっていたティアだったが、呼ばれてそちらへと視線を向けた。相手の姿を認めるなり、ティアの顔に笑みが浮かぶ。

「……まあ、フェリクス様」

にっこりと笑って呼びかければ、彼は胸に手をあてて一礼してみせた。そんな姿もいちいち様になっていて、ティアも楽しくなってきてしまう。

「久しぶりだよね。戦勝祝いの日以来かな。元気にしてた？」

「そうですね……そういえばあの日以来ですね。フェリクス様もお元気ですか？」

「俺はあいかわらずだよ。なんだか見る度に綺麗になっていくね」

「まあ、ありがとうございます」

手にした扇で口元を隠して笑う。綺麗になっているという言葉は、ティアを喜ばせた。多少ましに見えているとすれば、それはルシアーノが買ってくれたドレスや宝石類と、化粧をしてくれたメイドのおかげ。

(外見を誉められて喜ぶのって、はしたないような気もするけれど……、でも綺麗って言ってもらえたら嬉しい)

「本当に――どうして、あの時、もっと一生懸命君と結婚したいって言わなかったんだろう。そうしたら、今頃は――」

ティアを見て、フェリクスがため息をついた。彼に返す言葉を持たなくて、ティアも視線をさ迷わせてしまう。

(フェリクス様が、もっと一生懸命求婚してくださったとしても、お父様とお母様は許さなかったと思うわ……)

会場内を落ち着きなく動き回っていたティアの目は、ルシアーノを見つけてそこにとまった。

「フェリクス……君も来ていたとは思わなかった」

飲み物を持って戻ってきたルシアーノは、見せつけるかのようにティアの肩に手を回した。

「俺は、毎晩のようにどこかに招待されてるからね。今までかち合わなかった方が驚きだと思うよ。じゃあ、ティア。またどこかで会った時は、一曲くらいお願いできるかな」
ティアが何も返事をしないうちに、フェリクスは立ち去った。ティアは、不意に落ち着かなく感じて身体をもぞもぞとさせた。ルシアーノの手が、肩に回されている――ダンスした時を例外として、こんな風に密着することなんてなかった。彼と密着している場所が、やけに熱くなっているみたいだ。

（……ルシアーノ様ったら……一体、何があったのかしら）

心臓がやかましく音を立て始める。これ以上、彼とくっついているのはあまりよくないのではないかと、ティアはそっと身を引こうとした。

「……フェリクスとは何を話してたんだ？」

「特に、何も……ああ、綺麗になったって誉めてくださいました。きっとドレスと宝石が素敵だからそう見えたんですね」

くすくすと笑って、ティアはルシアーノから受け取ったグラスに口をつける。けれど、ルシアーノが何を考えているのか――その時、彼女はまったく気がついていなかった。

会場に入ってから出てくるまで二時間とかからなかっただろう。屋敷に戻り、寝支度をすませたティアは、メイド達を下がらせて鏡台の引き出しに手をやった。

今日の髪形は素敵に仕上げてもらったけれど、ちょっときつく結いすぎたかもしれない。

軽い頭痛を覚えていて、薬を飲むべきか否かしばし迷う。

鏡台の引き出しに入れていたガラスの瓶を取り上げた時、部屋の扉がノックされた。

（こんな時間に誰かしら――）

早めに引き上げてきたとはいえ、戻ってきてあれこれしている間に日付も変わろうかという時間になっている。こんな時間にティアの寝室を訪れる人に心当たりもなくて、首を傾げた。扉を開いて確認すれば、たずねてきた相手に驚かされた。

「あの、何か……？」

そこに立っていたのは寝間着の上からガウンを羽織ったルシアーノだった。こんな時間に彼がこんなところに来るなんて、何かあったのだろうか。

自分も彼と同じように、寝間着の上にガウンを一枚羽織っているだけであることに気がついて、慌ててガウンの前をかき合わせる。何しろ、彼女が身につけている寝間着といえば、レースとフリルを多用した薄いネグリジェで、心許ないことこの上ない。

「話がある――入っても？」

そう言うルシアーノは、なぜか緊張しているように見えた。不吉な予感に襲われて、ティアは一歩後退する。それを入室の許可と取ったらしい彼は、素早く中に入るなり後ろ手に扉を閉めた。

「お……お座りに――」

そうは言ったものの、どこに彼を座らせればいいのだろう。この部屋にあるのはベッドに鏡台、それに鏡台の前に座るための椅子だけだ。

「君は、ベッドに座ればいい」

ルシアーノの勢いに押されるように、ティアはベッドに腰を下ろす。彼は鏡台の椅子を引き寄せると、そこに座った。

「それで、お話ってなんですか？　こんな夜遅くにいらっしゃるのだから、大切なお話なのでしょう？」

相手は夫であるといっても、書類上だけのこと。ティアと彼の間には何も特別な関係はなくて、ただ、彼の願い通り離婚までの日を過ごしているだけ。こんな夜中に深刻な話をするような仲ではないはずだ。

（どうしよう、どうしてこんなに緊張しているのかしら……）

ルシアーノは何を考えているのか、座ったきり口を開こうとはせず、ただティアを見つめている。その目の色に落ち着かない気分にさせられて、ティアは喉の渇きを覚えた。

「……俺が話したいのは、俺達の関係についてだ」

「あと二カ月……くらいでしょうか」

結婚して丸二年が経過したら、すぐに離婚する。それは彼とティアが最初に顔を合わせてすぐ、決めたことだった。

「君はそのことについてどう思う？」

「どうって……」

そんなこと言われても困ってしまう。たしかにここ何日かの間、ルシアーノとの関係は以前と比べて良好になった気はする。けれど、そこに何か意味を見いだそうなんて思ってもいなかった。

「あの時、俺と君の間で交わした約束を覚えているか？」

ティアとルシアーノの間の約束――それは、時期が来たら、すみやかに離婚すること。時期が来るまでの間は、使用人達の前では、円満であるように見せること。そして――必要とあれば、この条件を見直すこと。

この三つの約束を、ティアは忘れたことなど一度もなかった。この約束がどうしたというのだろう。

「俺は、君に結婚の継続を提案したいと思ってる」

頭の中でいろいろ考えていたけれど、彼の口をついて出たのは、あまりにも思いがけない言葉だった。ティアは目をぱちぱちとさせた。結婚の継続――ということは、結婚して丸二年が過ぎた後も今の関係のままでいたいということだろうか。

「でも、それって――私にどうしろと？　私は何をしたらいいのですか？」

ルシアーノの提案が、何を意味しているのかわからない。ティアが戸惑っていると、向かいに置いた椅子に座っていたはずの彼がひょいと隣に移動してきた。ベッドが軋み、ティアの心臓が跳ね上がる。

視線を正面に向けたまま、いささか気まずそうに彼は口を開いた。

「……先日、君の書いてくれた手紙を読んだ」

その言葉に、ティアは混乱してしまった。ティアの書いた手紙といえば、彼が戦地にいる間に書いたものだけ。だが、それを今さら読んだとはどういうことなのだろう。

あの手紙に関してはとっくの昔に諦めていたし、今さら読んだなんて言われても困ってしまう。

「あの手紙は俺の手元には届いていなかった。事情があって、ようやく届いて、読むことができたんだ。君に対する俺のやり方は公平ではなかったと思う――すまなかった」

その言葉にティアはますます混乱する。

(ルシアーノ様が……謝っている……？　この話は、どこに向かおうとしているのかしら……)

「最初は、君のことを好きにはなれないと思っていた。だが――今となっては、悪くないのではないかと思ってる。親の決めた相手と結婚するのは珍しい話じゃないし、君さえ嫌でなければ――わざわざ別れる必要もないと思う」

「……そう……ですか……」

たぶん、ルシアーノのティアに対する印象は最初に顔を合わせた時よりだいぶよくなっているということなのだろう。

(ルシアーノ様のお申し出は……悪いものではないのだろうけれど……このまま受け入れてしまっていいのかしら)

離婚した後も、ティアは再婚するつもりなんてないからかまわないのだが、ルシアーノは本当にそれでいいのだろうか。もし、いつか彼が他の人を好きになるようなことがあったら？ その問いを発する前に、彼がさらに言葉を重ねた。

「君がこのままここにいてくれたら、他の相手を探す手間も省けるし、俺は君の生活を保障する。君にとっても悪い話ではないだろう？ ドレスでも宝石でも、好きなだけ買えばいい」

「……ドレスと宝石、ですか」

もともと、互いの家にとって都合がよかったからという結びつきでしかない。けれど、それを彼の口から改めて聞かされたら、一気に身体が冷え込んでいく気がした。

(互いに都合のいい相手というだけ……それはわかっていたはずなのに、どうして胸が痛いのかしら)

締めつけられるように、心臓のあたりがきりきりとする。

ここ何日かの間、彼はティアにとても優しく接してくれた。だから、こんなに事務的に話を進められてショックなのだ、きっと。

「――わかりました。ルシアーノ様のよろしいようになさってください」

そう彼に告げる声が、わずかに震えている。

「……ティア？」

名を呼ばれ、うつむいて唇を噛んだ。気がつかなければいいことに気がついてしまった。

(……名前を呼んでもらうの、初めて……よりによって、こんな時に)

他の女性も、こんな風に思うのだろうか。まったく知らない相手と結ばれるよりよほどましなのかもしれないし、ティアだって、彼に特別な気持ちを持っているのかと問われたら、違うと答えるだろう。

それなのに名前を呼ばれて、胸がずきずきするような痛みを覚えるなんて、自分勝手もいいところだ。

「……それなら、君を抱いても――いいな？」

うつむいてしまったティアの顎に手をかけて、彼が顔を持ち上げる。自分の身体がかたかたと震えるのがわかって、ティアは無表情を装おうとした。

「こうするのは初めて？」

「初めて、です――」

目を伏せると、ティアを見つめるルシアーノの目が柔らかくなった。今度は額に唇が押しあてられる。

「できるだけ優しくするが、やめてはやれない」

「……わかってます」

改めて言われなくてもわかっている。これは契約。彼はティアの生活を保障し、ティアは彼の相手を探す手間を省く。途中でやめることなんてできない。

「そう緊張されるとやりにくいな」

頭の上で、彼が小さく笑う。

(……約束、だもの)

ティアはぎゅっと目を閉じた。互いの顔を知らないまま結婚するなんてことも珍しいわけではない。半端に彼のことを知ってしまったから、妙な感情をもてあましているけれど、他の人達が乗り越えてきたことをティアに乗り越えられないはずはなかった。

「あ……い、や……」

ルシアーノが頬に口づけたとたん、全身がざわざわとしてきて、その感覚におののく。

「……嫌？　そう言えばやめるとでも？」

「あ、ちが……う、違うんです」

力なくティアは首を左右に振る。こうやって彼に触れられるのが嫌だというわけではなかった。ただ、どうしようもないくらいに鼓動が跳ね上がってしまって、落ち着かないだけ。

「くすぐったい、から……」

ティアは睫を伏せた。初めての感覚に戸惑って、彼の腕の中でもぞもぞと身動きする。

「くすぐったい？　……それなら、そのまま。すぐに気持ちよくなるから、大丈夫。俺に任せて」

この感覚が、気持ちよくなる？　ルシアーノの言葉を信じていないわけではないが、初めてのことだから不安ばかりが先に立つ。

ルシアーノの手が髪を撫でつける。ティアが目を閉じると、何か柔らかなものに唇を塞がれた。温かい感触に、キスされたのだと知る。

（……初めて……）

もう一つ、気がついてしまった。結婚式をしていないから、彼と唇を合わせるのさえ、初めてなのだ。初めてのキスがベッドの上になるなんて——もっと違う形で知り合っていたら、こんな風にはならなかったのではないだろうか。

「んっ……あ、……んぁ」

唇を割って、舌が入り込んでくる。濡れた感触に口の中を探られて、戸惑いながらティアは舌を絡めた。舌を触れ合わせる度に、ぞわぞわとする感覚が背中を這い上がっていく。

驚いて奥の方に引っ込めた舌を、ルシアーノの舌が手前へと引きずり出した。

どうしたらいいのかわからない手が、落ち着きなくシーツの上をさ迷ってルシアーノの背中にたどり着いた。

「や、ん、んんん」

淫らな音を立てて、舌が擦り合わされる。身体の中心が熱くなってきて、ティアの呼吸が乱れた。最初はおずおずと応えていた舌が、大胆さを増してルシアーノの舌に絡みついていく。

一度離された唇が、角度を変えて再び重ねられる。積極的になったティアは、ルシアーノの背中に回した手に力を込めた。

「……んっ、あ」

ルシアーノの手が首から胸元へと滑っていく。柔らかな感覚にじんとして、ティアは身体を捩った。左の乳房がルシアーノの手の中におさめられ、手のひらが胸の上で円を描く。妙な感覚に戸惑っているうちに、彼がのしかかってきて、シーツへと押し倒された。

「あ……は、あぁ……、私……あぁ、こんなの……」

触れられて、肩がぴくんと跳ね上がってしまう。ティアの意思とは関係なく、勝手に足が動いてシーツを蹴った。

どうすべきか混乱したまま、ルシアーノを押しのけようとする。ばたばたと暴れる手が、シーツに押しつけられた。

「ルシアーノ様、だめ、やっぱり――」

自分の身体が変化していきそうな気がする。両手をシーツに押さえつけられたまま、ティアは背中を弾ませた。

「そう言っても無駄だ。やめないと言っただろう？」

「ルシアーノ様、いやっ……やぁっ」

ティアの手をシーツに押さえつけているから、彼も手を使うことはできない。代わりに舌が喉を這い、またティアを恐れさせる感覚が押し寄せてくる。のけぞったティアの喉に、ルシアーノが唇を押しあてる。ついばみ、軽くその場所を吸い上げた。

「あぁっ！」

腰のあたりが痺れるような気がする。どうして、こんな風になってしまうのだろう。唇が落ちる度にびくびくと腰を跳ねさせ、ティアの口からは喘ぎが上がる。何度も何度も口づけられているうちに、完全に彼女の表情は蕩けていた。

手早くルシアーノはティアのガウンを剥ぎ取った。それから寝間着に手をかけ、ボタンを片手で外して前を開く。

柔らかな乳房が薄暗い明かりの中に浮かび上がって、恥じらいに伏せた睫が震えたけれど、ティアは逆らおうとはしなかった。顔を背け、ぎゅっと目を閉じる。

（……大丈夫、怖くない……ルシアーノ様は優しくしてくださるって言ってたもの）

心の中で自分に言い聞かせる。ティアをなだめようとするかのように、ルシアーノは彼女を抱きしめた。

「ティア」

そんな風に名前を呼ばないでほしい——まるで愛されているような気がしてくるから。唇を噛んで、ティアはやるせない感情を追いやろうとした。

「……ティア」

ルシアーノがティアの名を繰り返し呼ぶ。穏やかな声が、耳をくすぐり、胸にすとんと落ちた。

まやかしの愛情でも——いいのかもしれない。そう見せかけてくれるのは彼の優しさで、嫌われているわけではないのだから。彼の寝間着を掴んで、ティアは小さく息をつく。

「綺麗だ——肌も滑らかで——」

途切れ途切れに、ルシアーノが賛辞の言葉を贈ってくれる。その言葉が嘘でもかまわなかった。初めての時を、彼が大切にしてくれているのがわかるから。

音を立てて、耳朶を舐られる。濡れた感触に肩が跳ね上がり、半開きになった口から、声にならない喘ぎが零れた。

丸く、円を描くように乳房が揺らされる。触れられている感覚が先端へと集まっていくのを自覚した。頂が硬度を増して、彼の目を誘う。

「やっ……あ、あ、あぁっ！」

耳朶に舌を這わされながら、指の先で硬くなった乳首を弾かれた。鋭い感覚が身体を走り抜けて、こらえきれずに嬌声が上がる。耳殻を甘噛みされ、また、肩が跳ねた。

「いやっ――いやっ、こんなの……」

受け入れなければならないと頭ではわかっているのに、初めての感覚に身体も心もついていくことができない。今まで知らなかった感覚に襲われ、恐怖に身を捩り、彼の腕から逃げ出そうとした。

「……悪いが、ここでやめてはやれないんだ」

「お、お願い……早く、すませて……！」

こんな風になるなんて信じられなかった。自分の身体が、はしたなく変化していく様を見られたくない。涙目で上にいる彼を押しのけようとすると、困ったような笑い声が耳を打った。

「早くすませてって――ずいぶん、大胆な言葉だな」

「ち、違う……そうではなくて……」

自分が何を口走ったのか理解して、顔が熱くなった。恥ずかしくて、彼の顔を見ることができない。

「変、になりそう……だから」

もじもじと小声で言うと、なだめようとしてるのか額にキスが落とされた。そうされると、胸のあたりがぽかぽかしてきて、自分の鼓動を痛いほどに認識してしまう。

「……変になるので正解なんだ」

「だって、……変な声が出るの、嫌……ん、くぅ！」

ティアの抗議には耳も貸さず、ルシアーノはさらに胸の頂を捻り上げる。そうされてティアの身体がシーツの上で弾むのを楽しむように何度も同じ動作を繰り返した。

「もっと声を聞かせるんだ。そうしてもらわないと、君が感じているのか痛がっているのか、俺にはわからない」

「あっ……や、あぁっ、ん、だめっ！」

こんな恥ずかしい思いをするくらいなら、彼の条件を受け入れなければよかった。耳元で低くささやいていた唇が、喉へと移動してくる。一番無防備な場所に吸いつかれ、ティアはまた混乱してしまう。

「んー――や、そこ、いやっ！」

胸に触れるのはやめてほしい。うつぶせになって身体を隠そうとしたけれど、彼の方が上手《うわて》だった。ティアが身を捩るより先に、唇が胸元へと矛先を変える。

硬く立ち上がった頂が、温かな口内に吸い込まれた。軽く吸われ、また新たな感覚にティアは目を見開く。

「あっ……は、んぁ……あぁ……」

唇を噛みしめて喘ぎを殺そうとするが、一度解けてしまった唇は言うことを聞いてくれなかった。濡れた舌先で一方の頂を舐め転がされ、もう片方は根本から摘まれて左右に捻られる。

刺激を受ける度に急激に体温が上がっていくようで、シーツが皺になってしまうほど身体を捩った。

「……ここは？　こうされる方が好き？　それともここ？」

「やぁっ……だって、だって……そんな……！」

彼は丁寧にティアを抱こうとしてくれているのだとは思う。ただ、胸元に顔を寄せられ、開いた手が寝間着の下に滑り込んで、脇腹を撫でられながらそんな問いを投げられてもまだ心がついてこない。

「んぅっ！」

身体の線に沿って、脇腹を指先がすっとなぞる。一番くびれた場所を集中的に撫でられたら、またぞわぞわとした感覚が押し寄せてきた。指が肌に触れる度に、あられもない声を発してしまう。交互に舌で弾かれる両胸の頂は、信じられないような甘美な感覚を送り込んできた。

全身が軽くなり、まるで雲の中を漂っているような不思議な感覚に襲われる。ティアの身体に起きた変化はそれだけではなかった。

「んっ、ふ……あぁ、や、熱い……」

誰にも見せるべきではない場所が、完全に熱くなっている。もぞもぞと腿を擦り合わせれば、今度は脚の間に手が割り込んできた。

「ルシアーノ様、そこは……！」

下着の上から内腿を撫でられる。とたんに甘やかな痺れがぞくぞくと背中を這い上っていった。その感覚をなすすべもなく、ティアは左右に首を振る。

半開きの唇から零れる物欲しげな喘ぎに、ルシアーノは再度唇を重ねてきた。舌を差し入れられ、ぬるぬると絡められて、頭に霞がかかってくる。

「ああ、濡れている――よかった。君が感じてくれている証しだ」

「は、あぁっ！」

脚の間に触れられ、もっとも秘めておくべき場所を布越しに撫でられて、ティアは身体を跳ねさせた。今、身体を走り抜けた感覚はなんなのだろう。

「んっ……、や、あっ、そこ、だめっ」

彼の手に、何度もその場所を撫でられる。その度にティアはびくびくとして、ルシアーノの腕の中で身を捩った。くちゃりと粘着質な音がして、自分の体内から溢れ出たものが下着まで濡らしているのを自覚する。かっと頬が熱くなって、ティアは小さく喘いだ。

ルシアーノの手が、腰にかかり、ドロワーズが引きずり下ろされる。無意識のうちに彼の身体にすがりつくと、また、額に唇が落とされた。

大切に思われているかのように錯覚してしまうから、こんな風に優しく扱わないでほしい。さっきまではまやかしの愛情でもいいと思っていたはずなのに、なんとも言えない感情が押し寄せてきて、ティアは首を振った。

「あっ……んっ、……あ、あぁっ」

脚の付け根を撫でられたかと思ったら、秘所に手が忍び込んでくる。そのとたん、鋭い快感が走り抜けて、ティアは背中をしならせた。

ルシアーノの指先が、いよいよその場所をとらえる。恐怖と快感、どちらを先に覚えたのかは、ティア自身にもわからなかった。ルシアーノの身体にしがみつき、与えられた未知の感覚に流されまいとする。

「ティア、大丈夫だから――落ち着いて。何もおかしいことはない――皆、こうなるんだから」

「あ、あぁっ、いやっ、だって――」

重なり合った花弁を彼の指がそっと開く。声をこらえようと、ルシアーノの寝間着を掴む指先に、痛いほどに力がこもった。

「ふ――んんっ――あぁっ！」

蜜をまぶすように、彼の指が花弁の間を往復すると、花弁から溢れる蜜が量を増やし、シーツまで濡らしていく。滑るように秘裂を撫でていた指が、その先にある快感の芽をとらえた。

「んっ、あぁっ！」

鋭い快感を与えられて、喉をついて出た嬌声が部屋の空気を震わせる。淫芽をさらに擦り上げられて、鋭い感覚に身をくねらせた。そんな場所に触れられるのは初めてのことで、送り込まれてくる悦楽に、みっともないほどに腰が揺れてしまう。

「あっ、あぁっ、い、やぁっ……もうっ——！」

唇を結んで快感を告げる声をこらえなければならないのに、半開きになった唇からはひっきりなしに喘ぎが上がる。

「ティア……ティア。大丈夫だから」

指の動きに合わせて、全身に痺れるような感覚が広がっていく。身も心も蕩けてしまいそうなほどに甘いのに、同時に驚くほどの切なさが押し寄せてきた。

官能を与えられることに慣れていないから、彼にすがりついてびくびくするだけ。身体中を巡る何かが出口を求めているのはわかるのに、解放の方法がわからない。

「あ——あっ、ん、ん、あぁ……！」

下肢に甘い痺れが広がるが、それだけでは足りないのだと何も知らないなりに身体が不満を訴えてくる。激しく首を振って、ティアは訴えた。

「おかしいの、私……もう、無理……」

「……すまない」

変な感覚を身体に送り込んできていた指が離されてほっとした刹那、さらに大きな声を上げる事態に陥った。

「やっ——どうし、て……ふ、あぁっ！」

シーツを掴む手に力がこもる。動揺する間もなく、脚の間に彼の顔が埋まっていた。柔らかなものが、敏感な芽をとらえている。溢れる蜜をまとわせた指で嬲《なぶ》られるよりも、はるかに繊細な感覚が押し寄せてきた。

逃れたくてティアはベッドの上方へと身体をずらそうとするが、それも阻まれてしまった。腰を掴まれ、両腿を肩で押し広げられる。

「いやあっ——そん、な——やぁっ、おねが……！」

舌がその場所に触れる度に、身体の奥底から痺れるような愉悦がわき起こってきた。ここまで来たらもう引き返せないと本能でわかる。シーツの上で上半身をのたうち回らせ、放してくれるようにと懇願するけれど、腰を押さえつける彼の手にますます力がこもっただけだった。

「んんっ……あ、あ、あ……あ、もう、い、やっ……！」

こんな風になってしまうのははしたないと、頭ではわかっているのに身体がついてこない。愉悦をこらえようとしてもこらえきれず、上半身は艶めかしくくねってしまう。

彼の肩に担がれたつま先がむなしく宙を蹴る。解放の時が迫っているのを、ティア自身も感じていた。

とめどなく蜜を溢れさせる淫唇に指が触れる。一番感じる粒を舌が擦り上げるのと同時に、押し広げられた。ティアの喉からはひっきりなしに喘ぎが上がっていて、その行為を咎める余裕など失われている。それどころか、もっと愛撫を期待しているかのように腰が舌の動きに合わせて揺れ始めた。

「あっ……んっ……やぁっ……だめっ……変に……なって……！」

がくがくと首が揺れ、絶頂の予感に全身が痙攣する。その言葉に、待ちかねていたと言わんばかりに、ぽってりと膨れた芽が舌で押しつぶされた。

一際高い嬌声と共に、ティアは全身を硬直させた。呼吸さえも忘れたまま、与えられた恍惚に全身をゆだねる。ようやくはけ口を与えられた快感は、ティアの全身を何度も何度も痙攣させた。

「あっ……ま、またっ……」

ティアが達したのはわかっているであろうに、彼は行為を中断するつもりはないようだった。完全にほころんで侵入を待っている花弁の間に、指がそっと差し込まれる。異物感

を覚える間もなく、舌の動きに翻弄されて、また、腰が揺れた。

「こ……んな、……、やだ、……ルシアーノ、様ぁ……」

泣きそうな声で名を呼ぶと、ようやく淫芽に張りついていた舌が離された。それと同時に中で指を揺らされて、自分の身体が他人の肉体を受け入れていることを改めて知る。

「も……う、終わり……ですか……？」

「まさか」

この甘く苦しい責めはまだ続くらしい。今夜はもう耐えられそうにないと思うのに、彼の方はやめてくれる気などないようだった。

「もう少しだから――もう少しだけ、頑張ってほしい」

困ったような声音でそう言われてしまったら、断ることなんてできるはずもなかった。承諾した印に、手足の力を抜いて、彼の言う通りにすると行動で示す。

「あっ……んぅ……」

体内に埋め込まれた指が、中を軽く擦り上げた。それだけで媚壁ははしたない反応を示して、一本だけ差し込まれた指にまとわりつくように収縮した。

彼が再び身体をずらす。先ほどまでのように抱きかかえられる形になって、ティアは小さく震えた。

自分がみっともない行動をしているのもわかっているのに、彼の身体にすがりついてしまった。

先ほどの行為が終わりではないことくらい、本当はわかっている。ただ、快感を覚え始めている身体に心がついてこないだけ。

(……だって、私とこの方の間には何もないもの)

彼との間にあるのは、ただ、今後上手くやっていくという約束だけ。そこに、他の感情が入る余地なんてまるでなくて——。

(大丈夫、他の人だってちゃんとやっていることなんだから)

余計なことを考えたら、身体に点った火まで消えてしまいそうだ。ルシアーノの身体に腕を回す——早く終わればいいと願って。

「もっと……変になります……か……?」

きっとまたああなってしまうであろうことはわかっているのに、問わずにはいられなかった。

「大丈夫、おかしくはない。正常な反応だ。ティア、そんなに怖がるな」

中で再び指が揺らされる。息を吐いて、ティアは彼の腕の中で身体をしならせた。官能の追い方を、身体が覚え始めている。

「はっ——ぁっ、ん、んぁっ……」

喘ぎを紛らわせようとするが、そんなのは無駄な努力でしかなかった。腿の内側が激しく引きつれ、内部の壁は侵入者を逃すまいと締め上げる。

「……もう一本、いけそうだ……入れるよ」

その言葉と同時に、体内にさらに指が差し入れられた。今までの倍となった重圧感に、媚壁はますます歓迎の意を表す。

「あぁっ……わ、私……また、へ、変になって……！」

「いいんだ、それで。俺のことは気にしないで、君は自分のことだけ考えていればいい」

(どうして、こんなに優しくしてくれるの……)

その問いを口にすることはできなかった。事実を知った彼は、ティアを正当に扱おうとしてくれているだけ。大切に扱っているように装ってくれるのは彼の優しさ。

「ゆ、指、それ、や、だぁ……」

二本の指を中でばらばらに動かされると、予期していなかった場所を擦られて、どうしようもない感覚が押し寄せてくる。本能が導くままに腰を突き上げれば、今までより奥を指が刺激してきた。

「いや？　本当に……？　それなら、ここはどうだ？」

もっとも感じる場所を探そうと、彼はますます中を探ってくる。耐えきれずに、身体をうねらせた時——ある一点を指先が掠めた。

その場所が送り込んでくる感覚に、ティアは身体を硬直させる。

「ここか。それなら、こうしようか」

「は、あ、あ、あぁぁっ――――!」

弱みを突かれれば、こんなにも簡単に身体を明け渡してしまう。下肢はティアの意思とは無関係に踊って、彼の与える官能を搾り取ろうとする。身体の奥底から妖しげな感覚がわき起こってきて、また愉悦の波にさらわれてしまうのが自覚できた。

「――んー、ん、ん、んんんっ!」

せめてもと、ぎゅっと唇を引き結んで達すると、また額にキスされた。

「そろそろ……よさそうだ。君の中に入るよ」

そう言う彼の声が少し掠れている。無言のまま、ティアは小さく頷いた。

乱れた息を整えようと、顔を背けている間に、上から衣擦れの音が聞こえてきた。

「……あっ」

薄暗い中に、ルシアーノの身体が浮き上がっている。今し方まで寝間着に包まれていたはずの彼の身体を覆うものは何一つ残されていなかった。

最後の時が来たのだと知る。これを越えてしまったら――もう引き返すことはできない。自分のものとはまるで違う肉体を意識しないですむよう、ティアはぎゅっと目を閉じた。

「ティア……頼むから、俺を見てくれ」

その言葉には、ただ首を左右に振った。ルシアーノが同じ言葉を繰り返す。何度も懇願されて、ティアはようやく目を開いた。

「約束する。俺は君を泣かせたりしない——今までないがしろにしていた分も含めて、生涯大切にするから、だから——」

(この方に、こんなことまで言わせてしまうなんて)

本来なら、ルシアーノの方にはティアと結婚しなければならない理由なんてなかった。彼と結婚したい女性は何人もいるし、その中から自分に釣り合った人を選ぶことだってできたのに。

申し訳なさの方が先に立って、ティアは微笑みを作ってみせた。彼の気持ちはわかっていると、口にしようとするができなかった。

「——あぁっ」

舌と指でさんざん解されたその場所に、指よりも舌よりも熱い何かが触れる。乏しい知識でも、それが男性自身であることはなんとなく理解できた。

「少しだけ、我慢してほしい。なるべく痛みを感じさせないようにするから」

解された花弁が開かれ、じりじりと熱棒が入り込んでくる。

背中を激しく弓なりにそらして、ティアは首を左右に振った。最初は痛いと聞いていたけれど、こんなにも痛いなんて誰も教えてくれなかった。

狭隘《きょうあい》な通路を、灼熱の楔が強引に割り開いていく。痛みに身体を強ばらせるも、逃れることはできなかった。

身体を内側から裂かれるような気がする。指は歓迎した隘路《あいろ》も、より太いそれを受け入れることには抵抗した。

「あっ……待って、痛いっ、もう、無理――」

なるべく痛くないようにすると言っていたくせに――力を抜いていればまだ違ったのだろうが、痛みに強ばってしまった下肢は、ルシアーノを受け入れようとはしなかった。

「――もう少し、だから――！」

「や……や、いや……！　……あぁっ！」

敏感になっている胸の頂を指が擦り上げる。痛みを一瞬忘れて腰を跳ね上げた瞬間、彼がまた一歩進んだ。

首を振ってみても、痛みから逃れることはできない。生理的な涙がぼろぼろと流れ落ちて、頬を濡らす。快感を与えられ、次に痛みが押し寄せ――このままでは本当に死んでしまうと思ったその時、ルシアーノが動きを止めた。

「よく頑張ってくれた」

頬を濡らす涙を、彼の指が払ってくれる。最奥までぴっちりと満たされて、ようやく難関を越えたのだと知るが、彼が息を詰めるから、痛いのはティアだけではないのかと心配になった。

「ルシアーノ様も、痛い……ですか？」

「いや、俺は痛くない――どころか、とても、いい……と思う」

「そう……です……か……」

いい、という感覚がよくわからないが、彼の方は痛くないというなら、よかったと思う。与えられた快感で重くなった腕を持ち上げる。自分が何をしようとしているのか、自覚のないままに彼の髪に指を差し入れた。

（この人と……結婚した……）

今までは同じ屋敷で生活していても、あまり顔を合わせる機会はなかった。最初のうちは唯一顔を合わせる場だった朝食の席でさえ会話が弾んだことはなく。こうなってみて、ようやく実感がわいてくる。

ルシアーノの髪に差し入れていた手が外され、そこに彼が唇を寄せる。正面からティアの目を見ながら、宝物に触れるかのように彼はもう一度口づけた。

「……あのっ」

そうされて、自分の身体が今までとは違う感覚に震えるのがわかった。体内に迎え入れた彼に急激に馴染んでいるような、そんな気がする。

「あっ……あ、く、ぁっ」

ティアの手を握りしめたまま、彼がじりじりと腰を引く。喪失感に今まで満たされてい

た内側が不満の声を上げた。完全に抜けきる一歩手前まで引いたルシアーノは、同じようにじりじりと押し入ってくる。

つい先ほどまで痛みを感じていたはずなのに、くすぶる別の感覚もティアの身体は拾い始めている。

「ルシアーノ……様……？　あぁんっ」

もの足りないと腰が揺れ、つい、声を零してしまう。

「大丈夫、おかしくない――そのまま、身を任せて」

苦痛の汗で額に張りついた髪を撫でながら、彼は一番奥をずんと突き上げた。そうやって最奥を突き上げておいて、ゆるゆると腰を引いていく。そして、再び奥へと侵入してくる。

「く、あぁっ――だって……私……ばかり……！」

淫らな感覚に、どうしようもないくらい嬌声が上がってしまう。

彼が動く度に、入口の襞が捲れ上がっては中へ巻き込まれ、感じていたはずの痛みが、甘やかな喜悦へと塗り替えられていく。

「や、あぁ……へ、変に、なる……！」

どうして、こんなにもおかしくなってしまうのだろう。彼のいいように翻弄されながらティアは必死に握られた手に力を込めた。痛かったはずなのに、どこかへ飛ばされてしまいそうな、そんな感覚が押し寄せてくる。

指と舌で教え込まれた快感を、早くも受け入れようとしていた。もう少し、あともう少しで高みに到達することができそう——。

「そういう時は、イきそう、と言うんだ」

最大の難関を越えた今、彼の声音は余裕を取り戻していた。不意に腰を回すように突き上げては、ティアの知らない感じる場所を探し出していく。

「あっ……」

違う、そこじゃない。

声に出すことはできずに、ティアも身体を揺すった。体内を満たすそれに一番気持ちいいと感じた場所を擦り上げてもらえるように。

「どうした？　よくなってきたか？」

「あっ……イきそう……イきそう、だから……！」

すすり泣くような声と共に、ティアはさらに身体を踊らせた。自分が誰の腕の中にいるのかも完全に忘れ去って、目の前にある快感にただ溺れていく。

ルシアーノが動きを変えた。今まではティアの様子をうかがいながら、ゆっくりと動いていたのが、容赦なく腰をぶつけてくる。

がつがつと奥を穿たれ、ティアの身体もまた激しく反応した。隘路が強烈な愉悦に咽び泣き、痙攣する。

「あっ……あぁぁっ！」

彼が何事かささやいてくれるのも、もう耳に届かない。目指すのは、視界が真っ白になった先にある快感の果て。

自分を抱きしめてくれる身体に、ティアも腕を回した。このまま溶けて消えてしまえばいい――頭の中を巡るのは、快感を受け入れること、ただそれだけだ。

最後の瞬間、自分が彼の名を呼んだことさえティアは覚えていなかった。顎が天井を向いてしまうほど身体をそらし、与えられた官能を全力で受け入れる。

「く、俺も限界だ――」

一瞬後に、彼が動きを止めた。奥で彼の欲望が弾けていく――。

本当にこれでよかったのだろうか。その疑問が同時に胸をよぎったけれど、それには目を閉じて見なかったふりをした。

◇◆◇

ベッドの端で遠慮がちに寝息を立てているティアを、ルシアーノは自分の腕の中へと引き寄せた。その瞬間、彼女の身体が強ばったように感じられてどきりとする。

「……ティア」

できるだけ穏やかな声で名を呼び、彼女の髪を撫でた。意識を失ったように眠るティアの目元には涙の跡。清潔な寝間着を身につけた後、なぜか彼女は彼の側ではなくベッドの端を選んで眠りに落ちた。

引き寄せても、目を覚まさなかったことに安堵しながら、もう一度髪を撫でた。

(もっと上手くやりようがあったはずなのに)

自分の発言を悔いても遅い。

今夜、フェリクスと話しているティアを見た時に、どうしようもなく胸が苦しくなるのを感じた。これが、嫉妬というものなのか、と。

心からの笑みは、彼に向けられることは絶対にない。だが、そうさせたのは自分だ。

今日、馬車に乗り込む前だってそうだ。新しく仕立てたドレスを着たティアは、文句なしに美しく、見た瞬間言葉を失った。豊かな胸と細い腰が描く身体の線は実に彼好みで魅力的で、背は高いのに威圧感がないのは、一つ一つの動きが優美さを失っていないからだ。

途切れ途切れに口にした賞賛の言葉も、彼女にはなんの印象も与えていないようだった。

——それなのに。

フェリクスの誉め言葉には、頬を染めて、嬉しそうに頷いてみせる。

フェリクスとの縁談が成立しなかったのは、彼の素行の悪さと財産のなさが理由だろう。

借金を抱えてしまった以上、ティアはできるだけ裕福な家に嫁がなければならない。

フェリクスの素行は、今ではそれなりに改まっているという話だし、ティアの家の借金も結婚時に義母が全て用立てたと聞く。別れる時には相応の金銭——話を持ちかけた当時は手切れ金のつもりだった——も渡す約束だ。

ということは、別れた後、ティアとフェリクスの再婚を妨げるものは何一つないではないか。その事実に気がつき——動揺していることに自分自身が一番驚いた。

彼女を手放したくなかったら、仮初めの結婚を真実のものとするしか方法はなかった。

結局、いろいろ言い訳をしてティアと夜を共にしたわけではあるが、彼女は彼のことをどう思っていたのだろう。

(俺のことを恨んでいるのかもしれない)

不意にそんな思いが頭をよぎった。彼女に対して、公平なやり方をしてこなかった事実は否定できない。

義母が偽造した書類の件にしても、最初からティアを同罪だと決めつけていた。知らなかったこととはいえ、侯爵家の妻として体面を保つための費用さえ一切与えず。

今から、巻き返すことができるだろうか。それこそ死が二人を分かつまで共にありたいと願ったら——彼女はどういう反応を示すのだろう。

近いうちに義母は離れへと移ってもらおう。生活に困らないように配慮すれば、義母とて文句は言わないはず。この屋敷の女主はティアだ。

「君が、大切なんだ——そう言うのは、もう遅いだろうか」

腕の中に囲ったティアにたずねてみる。もちろん、返事はなかった。

第五章　少しずつ、近くなる距離

ルシアーノの腕の中で目覚めるというのは、妙な気分だった。ベッドの端で眠ったはずなのに、どうしてここにいるのだろう。起こしてしまいそうで、身動きするのもためらわれる。

先に目を覚ましたティアは、朝の光の中でこわごわと彼の顔を見つめた。

（……こんな風になるつもりはなかったのに）

ルシアーノの見目麗しさに関しては、素直に認めるつもりだ。まだ、彼がティアの存在すら知らなかった頃、遠目に見て素敵だと思ったこともある。

けれど、まさか、こんな風になるなんて思ってもいなかった。起こさないように用心しながら、そっとベッドから抜け出そうとすると、腕を掴んで引き戻される。

「……もう少し、このまま」

抱きしめた彼女に頬ずりしながら、彼が言う。

「でも、そろそろメイドが起こしにきてしまいますし」

ルシアーノが戻ってきて以来、一度も寝室を共にしていないことは使用人全員が知っているはずだ。外で一切噂になっていないのは、それだけこの屋敷の使用人達がよく躾《しつ》けられているからで、今さらこうなったと知られるのはなんだか気恥ずかしかった。

「いいだろう。少しくらい」

「……お仕事には行かなくてよろしいのですか？」

「休みを取ったと言ったはずだ」

そういえば、そんなことを言っていた。それに戦後の処理も終わったのだから、たしかにあんなに毎日通う必要もないのだろう。

（……お屋敷にいるというのなら、ルシアーノ様はどうやって過ごすおつもりなのかしら）

彼が一日中屋敷にいることなど、今までほとんどなかったから、その間ティアは自由に過ごしていた。彼がいるというのなら、どう過ごすべきなのかわからなくなる。

「午後から、一緒に散歩にでも行こうか？」

ティアの髪に指を絡めながらルシアーノがたずねてくる。その問いは、ティアが今まで聞いた彼の声の中で一番甘く響いてきた。

（世の中の夫婦って、皆こんな風にするのかしら……？）

考えても答えは出てこない。彼の腕が身体に回されるという状況にも落ち着かなくて、しきりに身動きを繰り返すことしかできなかった。

いつもより遅めの起床となったものの、午前中の彼は忙しく働いていた。

軍の仕事が一段落とはいえ、当主としてしなければならないことはたくさんある。領地から送られてきたという書類を確認している彼の邪魔にならないよう、ティアはおとなしく自分の部屋で過ごしていた。

(散歩にって……なんだか昨日から変……なのよね……)

昨夜のことを思い出すと、顔が熱くなってくる。自分の顔が真っ赤になっているであろうことは容易に想像できた。

手をぱたぱたさせて顔を扇ぎながら、目の前に置いた便せんを見つめた。しばらくモニカに会っていないから、手紙を書くつもりだったのだが、何を書いたらいいのか思いつかない。

(ルシアーノ様との新しい契約の話を聞いたら、モニカはなんて言うかしら)

彼の都合で振り回されている、と彼女は怒るだろうか。なんとなくそんな光景が想像できてしまい、ペンを取っても書き始めることができない。

いたずらにペンにインクをつけては戻すことを繰り返しているうちに、時間は過ぎ去ってしまった。

「川沿いの道を行こうか。そこから公園に出て――」

「……いいですね」

パラソルを手に外に出ると、川沿いの道を多数の人が行き来していた。皆、思い思いの服装に身を包み、楽しそうに話している。

「……ティアは、普段どこを散歩しているんだ？」

ティアの歩幅に合わせて歩いてくれているるシアーのがたずねてきた。

「この道はよく歩きます……公園まで足を延ばすことはあまりないですね」

彼の方から話しかけてくれたのだから、きちんと答えなければ。だが、心が違う方へそれていくのを止めることはできなかった。

（……また、名前で呼ばれた）

結婚してからずっと、彼はティアのことを『君』と呼んでいた。離婚期限が来るまでの約束だったから、その点についてティアの方から触れたことはなかった。

名前で呼ばれる。ただ、それだけのことなのに、平静を装っているのが崩されそうになってしまう。

（……それなりに上手くやっていこうという意思表示なのだろうけど）

昨夜、彼は『生涯大切にする』と言ってくれたような気がする。それが本当なら……ティアの方も応えるべきなのだが、気持ちをすぐに切り替えるのは難しい。

(どうしたら上手くやっていけるのかしら)

ルシアーノに笑みを作りながら、ティアは頭の中がぐるぐるするのを感じていた。こうやって距離を詰めてこられたら、どう振る舞うのが正解なのかわからなくなる。

彼が戦地にいる間は、上手くやっていけると思っていた。

一度も返事がもらえず、最終的に一行しか書けなかった時に、全てを諦めた。まさか、彼が結婚している事実を知らなかったとは思っていなかったから。

初対面の印象は最悪で、実家に帰ったらもう再婚なんてしないと決めていたはずなのに、たった一夜のことでこんなにも気持ちが揺らいでしまう。

きっと、彼の微笑みをティア以外の女性が見たら蕩けてしまうだろう。今だって、この人はこんなにも甘い笑みを浮かべられるのかと、驚いてしまうほどの表情をこちらに向けている。

「何か、心配事でも?」

「いえ、そういうのではなくて――」

今、何を考えているのかなんてルシアーノに知られるわけにはいかない。彼の方から歩み寄ってきてくれたのだ。普通に、当たり前の生活をしていくだけのこと。

たった一夜のことで、動揺してしまっているのはティアの弱さだ。

(……どうしよう……せっかくちゃんと閉じ込めたのに)

最後に手紙を書いた時、全ての気持ちは封じたはずだった。それなのに、こうやって優しくされたら、その気持ちが外に出てきて変な期待を抱いてしまいそうで、正面からルシアーノの顔を見ることができない。

「……あの店、ご存じですか?」

ごまかすようにティアが指さしたのは、モニカと一度訪れた店だった。ドレスと宝石の対価にはあまりにも安かったけれど、あの店でコーヒーとケーキをご馳走したのだった。

「いや、知らないな」

「オレンジのケーキがおいしいんですよ。一度、モニカと来たことがあるんです。よかったら」

そのうち、どうでしょうか――とティアの言葉は続くはずだった。だが、彼は強引にティアの手を掴むなり、そちらへと足を向けた。

「そんなに言うなら、味見してみようか」

「え……」

たしかにそろそろお茶を飲んでもいい頃合いではあるが、彼と一緒にこんな店に入ることになるなんて思ってもいなかったから、想定外の事態に焦ってしまう。

「いいえ、あの今日ではなく――」

ルシアーノは、ティアの言葉なんてまったく聞いていない。

モニカと一緒に食べた時はとてもおいしく感じられたケーキの味もよくわからないうちに、皿は空っぽになっていた。

◇◆◇

あまりにも急激にルシアーノとの関係が変わろうとしているものだから困惑してしまう。

彼が当主としてのあれこれを片づけるのにかかった期間は一週間。その間毎晩彼と肌を重ねて――それに馴染んでしまっている自分が怖い。

予定らしい予定も入っていないからいいのだが、断りきることもできずに、ティアは彼と共に別荘を訪れた。

ルシアーノは「小さな家だ」と言っていたけれど、到着した別荘は、ティアの生家が三つは入りそうな立派な建物だった。

(これで、『小さな家』だなんて、ルシアーノ様との感覚の違いには驚かされてしまうわね)

なんて、屋敷を見た瞬間思ってしまったことは、口にはできない。

屋敷にいる時同様、主寝室を彼が使い、ティアはそこと繋がった隣の部屋に入る。荷物は全て使用人の手によって解かれたから、ティアが手を動かさなければならないことは何一つなかった。

「明日は、城跡を見に行こう」

同じベッドに入り、肌を重ねた後——愛し合ったと言っていいのかどうか、ティアにはわからない——腕の中におさめたティアの髪を撫でながら彼が言う。

「城跡ですか？」

「そう。ここからは少し距離があるんだが、昼食を持って行けばのんびり過ごせると思う」

「お忙しかったですものね。少しのんびりなさったらいいと思います」

本当は、毎日海軍省に行かなければならないほど忙しかったわけではないことは知っている。けれど、何も知らないふりをして、自分を包み込んでいる彼へとさらに身を寄せた。

（……この方に、どこまで甘えていいのかしら）

不意に、そんな思いが芽生えてきた。たしかに彼はティアに対して優しくしてくれる。戦地から戻ってきたばかりの頃の態度が嘘のように——けれど、それをどのくらい信じていいのだろう？

（だって、ルシアーノ様にとって私は都合のいい相手というだけでしかないのに）

ルシアーノが時期が来たら離婚するという当初の予定を取りやめたのは、そういうことだとわかっている。できるだけ上手くやっていこうという意思表示があるだけ、以前よりましなのだろう。

「……そうだな。バスケットは俺が持つから、君はただついてきてくれればいい」

「私、ルシアーノ様が思っているより健脚ですよ、きっと」

実家には御者を雇うような余裕はなかったから、必要に応じて辻馬車を使っていたのだ。それもただというわけにはいかないから、ちょっとした用足しなら歩いて出かけていた。足腰の丈夫さには自信がある。

「それはよかった。二時間くらい歩くと思うから覚悟しておいてくれ」

そうささやく彼の声も、なんだか眠りを誘うのに一役買っているようだ。髪を撫でてくれる手も心地よくて、素直に睡魔に身を任せたのだった。


翌朝は、二人揃って実にすがすがしく目を覚ました。別荘は森の中にあるから、カーテンを開けば一面緑の光景が飛び込んでくる。

ティアが選んだのは、茶の散歩着にブーツだ。道の悪いところを歩くのなら、ブーツの方が都合がいい。

ルシアーノがバスケットを持ってくれて、連れだって屋敷を出たのは昼食の時間まであと二時間という頃だった。

「二時間くらい歩くのですよね？」

天気はいいし、風は気持ちいいし、言うことなしだ。ティアはルシアーノの少し後ろを弾むような足取りで歩いて行く。

「――君は」

肩越しに振り返ったルシアーノが問いかける。

「今の生活をどう思う？」

「……今の生活、ですか……どうしてそんなことを？」

「いや、不自由させているのではないかと思って」

「そんなこと、ありませんよ。必要なものは全部買っていただきましたし」

その言葉に、ルシアーノはちょっと困ったような顔をした。

(どうして、そんなに困った顔をするのかしら。私はずいぶんよくしてもらっていると思うのに)

互いのことを以前よりよく知るようになった今は、だいぶ気楽に過ごさせてもらっていると思う。彼とベッドを共にするのは苦痛ではない――というより、彼に与えられる快感は日に日に大きくなる一方で、こんなにしてもらっていいのかと考えてしまうほどだ。

「ルシアーノ様こそ、私に不満はないのですか？」

今度はティアの方から問い返してみる。首を傾げて考え込んでいる様子を見せたけれど、彼も特に何も思いつかないようだった。

たわいもない話をしているだけなのに、たしかに以前より二人の距離が縮まっているのを感じる。

「……ほら、あれが城跡だ」

「ほとんど残っていないんですね……」

ティアが健脚ぶりを発揮し、二時間休むことなく歩いてたどり着いた城跡だったけれど、見た瞬間少しがっかりしてしまった。城跡、というからには塔があったり、高い城壁があったりするのかと思っていたのだ。

だが、ティアの目の前にあるのは、彼女の腿のあたりまでしかない積み上げた石だけ。右手の方を見やれば、塔の跡らしきものも見えるけれど、それだってティアの背丈ほどあるかどうか。

「戦争で城が落ちた後——このあたりの住民が、家を建てるのに石材を持って行ってしまったらしいんだ」

「まあ、そうなんですか」

「一部は修道院でも使われているそうだ」

彼が指したのは、はるか向こうに小さく見える白い建物だった。きっとあれが修道院なのだろう。

「歩いて行くには、少し遠いんだ。君が馬に乗れるようになったら一緒に行こう。あの修道院の近くには、食事ができるような店もあるから」

「はい！」

明日は乗馬を習うことになっている。もう少し遠出できるようになったらきっと楽しいだろう。

（変な感じ。ルシアーノ様と、こういう風に並んで歩くなんて）

彼といて、こんなにも楽しく感じるとは、玄関ホールで初めて顔を合わせたあの時には想像もできなかった。

崩れかけた壁の近くは、石がごろごろとしていて、注意して歩かないと転んでしまいそうだ。

「足下が悪いから気をつけて――ほら、だから言っただろう？」

「……すみません……」

よろめいたティアをしっかりと受けとめてくれて、彼は笑う。ティアは申し訳ない気がした。

（……迷惑をかけるつもりじゃなかったのに）

「ほら、あちらの塔が残っているところまで行ってみよう。中に入ることもできる」

ティアが困惑したことに、彼は手を離そうとはしなかった。しっかりと彼女の手を握ったままどんどん歩いて行く。振り払うのもなんだか違うような気がして、ティアは彼のされるがままだった。

目的とした塔の跡地には、歩いて数分でたどり着いた。一番高いところでティアの身長と同じくらい。低いところでは膝より下の位置に石が積まれている。周りをその石壁がぐるりと囲んではいるが、膝より低いところを乗り越えれば、容易に中に入ることができた。

「……ほら、空が見える」

ティアを塔の中へと押し込んで、ルシアーノが上を指す。ティアは彼の手に従って空を見上げた。ぐるりと石で囲まれた先、その向こう側は抜けるような青空だった。

「……ここは物見の塔だったんでしょうか」

「……たぶん。他にも同じような建物がいくつかあったはずなんだが、残っているのはここだけなんだ」

改めて周囲をぐるりと見回す。そこは、十人くらいなら横に並んで寝られそうなくらいの広さがあった。往時には、きっと何階かある立派な建物だったのだろうが、今は上階は失われていて、まっすぐに空をのぞむことができる。

塔を抜け出して、今度は残っている石垣沿いに歩いて行く。少し行った場所は、舞台のように石が敷き詰められていて、そこにルシアーノは敷物を広げた。

バスケットの中には、簡単な昼食が用意されていた。パンにチーズにハム。それにローストチキンと付け合わせの野菜が入っている。水筒に入っているのは、どうやら冷ました紅茶のようだ。

ティアは水筒を手に、中身を二つの銅製のカップに注ぎ入れた。ナプキンは白くてぴしっと糊がきいている。

外の空気はすがすがしく、二人の他には誰もいないこの場所はとても穏やかで、時が止まってしまったかのように感じられる。彼がパンを切り分け、チーズとハムを載せて差し出した。

「……おいしい」

ティアは、パンの端にかぶりついた。笑った彼もパンを口に運ぶ。

「ワインがあればよかったのに。君もそう思うだろう？」

「そうしたら、眠くなってしまうのではありませんか？」

ティアにも一つ一つ取り分けてくれながら、ルシアーノは、旺盛な食欲でバスケットの中身を次々にたいらげていく。

こうして外で食事をするのは、滅多にない経験で、何を食べてもいつもよりおいしく感じられる。

食事を終えると、ルシアーノは食事に使った道具を全てバスケットの中に戻した。そして、「少し寝る」と言ってその場に横になって目を閉じる。隣に腰を下ろしたティアは、しばらくの間じっと彼の顔を見つめていた。

整った顔、穏やかな表情。最初にティアと会った時の険しさはどこにもない。

（……きっと、違う形で知り合っていたら……）

不意にそんな気持ちが込み上げてきて、ティアは動揺した。違う形で知り合っていたら、いい友人になれたかもしれないのに——違う、もっといい関係で結婚生活を送ることができていたかもしれないのに。

ルシアーノに敵視される心当たりもたくさんあったから、何も言えなかったが、挨拶しかしていなかったあの頃は——やはり寂しかったのだとようやく気づく。

「私は……」

彼とこれからどうなっていきたいのだろう。今のままの関係で満足できるのだろうか。

眠っていると思ったルシアーノが目を開いて身体を起こす。

正面から目が合って、ティアはどぎまぎした。胸がぎゅっと締めつけられるような——いや、これは気のせいだ。頭をぶんぶん振って、自分の考えをまとめようとする。

「……ティア？」

こうやって、名前を呼ばれるだけで落ち着かなくなってしまう——どうして。

「……あっ」

不意に腕を引かれ、敷物の上へと倒れ込む。戸惑いの中に沈み込んでいたから、とっさに反応することができなかった。

「……待って、何、を……」

気がついた時には、上にルシアーノがいた。至近距離から見つめ合う形になって、激しく動揺した。

こんなに間近に彼の顔があるなんて――落ち着かない。どこを見たらいいのかわからない。口にしてはいけないことを口走ってしまいそうだ。不意打ちの狼藉を咎めようとした唇が震える。

「ティア？」

ずるい。こんな風に、名前を呼ぶなんて。

ティアの心の声は彼に聞こえるはずもない。背中を敷物に押しつけられた状態では逃げられず、キスされるのを受け入れることしかできなかった。

「んっ……」

あえかな声が、ティアの唇から漏れた。触れては離れ、もう一度触れて、とルシアーノはひたすら優しいキスを送り続ける。

（どうして……こんなにどきどきして……ただの契約でしかないのに……）

キスに応じながらも、切なさのようなものが押し寄せてくる。彼との間にあるのは、熱烈な感情ではなく、ただ穏やかに暮らしていくという約束だけのはずなのに。

越えてはいけない領域をあっさり越えてしまいそうで、喉元まで出かかった言葉を封じ込める。

「……どうした？」

見下ろすルシアーノの目は優しい。だからこそ、自分の考えを口にできなくなる。余計なことを口にしてはいけない。黙って首を横に振ると、彼は焦れたようだった。

「……え、あの……、んんっ！」

ただ触れているだけだった彼のキスが、もっと熱を帯びたものへと変化していく。今までティアの身体の両脇に置かれていた手が身体の線に沿って這い始め、このままではまずいと頭のどこかで警鐘が鳴る。

キスを解き、手足の囲いの中から逃げ出そうとするが、少し遅かった。

「ん、は、あぁ……」

片方の手が背中に回されて、動きを封じられる。身体をやわやわとなぞっていた手が、胸元へと忍び寄ってきた。長時間歩くからと、今日はいつもに比べたら身軽な恰好で、それは彼に取っては好都合だった。

「……あ、あぁっ……！」

大きなルシアーノの手は、それなりに豊かなティアの乳房をすっぽりと包み込む。こんなところでと思う気持ちもあるけれど、彼の送り込んでくる感覚に身体全体が搦め取られたようで抵抗できない。

まだたいしたことはされていないのに、息を乱し、悩ましく身体をくねらせてしまう。

大きな手が乳房を揺らし、手のひらが胸の頂を擦り上げる。それと同時に、唇の間に強引に舌が割り込んできた。甘やかな痺れが、胸の頂から全身へと広がって、ティアの身体を支配し始める。

「んんっ……ここ……外、ですよ……？」

舌を擦り合わされたらぞくぞくして、もっと深い口づけをねだりたくなってしまうが、ティアは意志の力を振り絞ってルシアーノの唇を解いた。

「だから？」

「だ、誰か来たら……」

「さっきからずっと誰もいないのに」

たしかに城跡以外何もないここまで来る物好きも、そんなにいないだろう。バスケットに詰めてきた昼食を食べる前もその後も、誰一人としてすれ違わなかった。

「このあたりの別荘の持ち主が遊びに来るのは、もう少し後の時期だからね。誰にも会うはずがないんだ」

「やっ……んんんんっ」

唇を合わせるキスを諦めたルシアーノは、今度は首筋へとキスをしかけてきた。夜間とは違って襟が高めの服を着ているが、彼はそんなことは気にしていないらしい。襟の間からわずかにのぞく喉に、彼の唇が触れる。

「いやっ……だめですったら……！」

こんなことをしているところを人に見られてしまったらどうしよう。慌てたティアがじたばたすると、彼はようやく下りてくれた。

「気になるのか」

「気にならない方がどうかしていると思いますけれど」

ルシアーノに触れられていた場所が、もの足りないと訴えてくるのからは目を背けた。悪ふざけにもほどがある。

「ルシアーノ様！」

「そうか――なら、ここに来るといい」

何がどうなったのか、ティアにはさっぱり理解できない。けれど、引き起こされたかと思ったら、あっという間に彼の膝の上にまたがる形で座らされていた。

「どういうおつもりですか？」

こんな風にされるのは困る。とても困る。ルシアーノの上に座っているから、ティアの顔の方が彼より上の位置にあって、いつもとは違う角度で彼の顔を見つめることになる。

（……なんだか変な気分）

家政についてとか、招待された場に行く時何を着るべきかとか、必要なことならいくらでも口にすることができるのに、こんな状態で向かい合っていると何を言うべきかがわからなくなってしまう。

「どういうつもりって……座って話をしようかと」

「私が座っている場所はどうかと思うのですが」

先ほどのキスを考えれば、これだけではすまないであろうことくらい容易に想像できる。正式に初夜を迎えて以降、ルシアーノとは何度も身体を重ねていて、彼が時々酷く意地悪になることも知っている。

「そうかな。ティアの顔が近くで見られるから、俺はいいと思うんだけど」

「そ、そういう問題では……!」

さらりとこういうことを言うから困るのだ。

(お帰りになったばかりの頃のことを考えれば……今の関係の方がずっと良好なのはわかるけれど)

「や、んぅ」

密接な距離で寄り添っているのは、嫌いではない。むしろ、彼とだったらもっと接していたいと思う。

けれど、それは二人きり、他の誰にも見られる心配のない場所での話であって、こんな風にいつ、誰に見られるのかわからない場所ではためらってしまう。

それなのにルシアーノは、服の上から胸の頂を指の腹で擦るようにして刺激してくる。ここ何日かの間で、すっかり彼に慣らされてしまった身体は、あっという間に胸の先端を硬くした。

逃れようとしても、もう片方の手がしっかりと腰を押さえていて、逃げ出すこともできない。

「だ、だめですったら……んんんっ」

油断したら、あられもない声が出てしまいそうで――彼の肩を掴んでこらえようとした。

「ティアが大声を出さなければいい」

「んん――あぁっ！」

服の上から硬くなった頂を爪で弾かれたら、全身を恐ろしいくらいの感覚が走り抜けていく。思っていたより大きな声が出てしまい、ティアは慌てて手で口を覆った。

「んっ……んっ」

必死に声を逃がそうとするけれど、布越しに送り込まれてくる甘美な感覚はそれを許してはくれない。ルシアーノにまたがった体勢のまま、びくびく震えてしまう。

「……やめっ……だめ……」

「何が？　これならただ近くで話をしているようにしか見えないだろう？」

近くで話をしたいのなら、向かい合わせに座ればいいだけの話で、何も彼の膝の上に乗る必要はない。そう説得しようとするけれど、時間なんて与えられなかった。

「はっ……ん、ん……」

喘ぎを吐息に紛らわせようとティアは身体を揺する。ルシアーノは手を広げて円を描くように乳房を愛撫してきた。ゆるゆるとこね回され、切ない感覚が下腹部に押し寄せてくる。

「……ティア？」

「やっ……ふ、んんっ」

ティアは首を横に振った。胸の先端がじくじくと疼いて、身体の内に欲望が込み上げてくる。秘めておくべき場所に少しでも快感を送り込もうと上半身が揺れているのを、ティア自身意識していなかった。

「もうこんな風になっているのに？」

服越しに、ルシアーノはティアの乳首をしごいてくる。ぞくりとする感覚に、ティアは肩を跳ね上げた。身体の内から、とろりとしたものが溢れてくるのがわかる。

「あっ……や、あ、あ、あぁっ」

口を覆っていた手が下に落ち、背中をそらして喘いでしまう。屋外だというのに、身体が彼を欲しいと思い始めていた。

「え？　……あ、あぁっ……そこ……だ、め……」

スカートの中に手が忍び込んでくる。ティアの頬や唇、それに首筋にキスを落として悩ませながら、入り込んだルシアーノの手は、腿の内側を撫でていた。そして、少しずつ、腿を這うようにして上がってくる。脚の付け根を撫でられ、下肢が甘く痺れた。

その少し先にある場所が潤んでいることなど、彼は完全にお見通しなのだろう。ティアが上半身を捩れば、逃がさないと背中に回された腕に力がこもる。

「……んぁっ！」

「ああ、濡れているね」

ルシアーノの手が、ティアの脚の間を撫でた。その場所は布越しでもわかるほどに蜜を滴らせていて、ルシアーノがぎゅっと布を押し込んでくると溢れて滲む。下着が張りつく感覚も、快感となってティアを悩ませた。

「そんな、言わないで……ください……」

ティアは首を振った。だが、口にする言葉と正反対に身体はルシアーノの指を歓迎していて、彼の指を奥へ招き入れようと内側がひくついた。

「……ティア？」

「ん、そんな……」

彼の指は意地悪で、ティアが首を振るのもかまわずその場所に触れてくる。ティアが息を吐き出すのに合わせて、もう一度指が押し込まれた。

「あ――あ、あぁっ！」

鋭い感覚が背中を走り抜ける。ティアは身体を揺すった。間に布があるというのに、彼の愛撫に酔いそうになる。あられもなくその場所はひくついていて、素直に触れてもらえとティアを説得した。

「や、だめ、だめですっ……たら……！」

布を挟んで一番敏感な核を擦られ、ティアは甘く喘いだ。薄布越しの刺激は、いつもより柔らかくて、よりティアを悩ませる。甘い感覚に腰が痺れて、余計なことは頭から抜け落ちてしまう。

「んんっ……あぁっ……や、も、うぅ……！」

腿の内側がぶるぶると震える。こんなところで、はしたないとわかっているのに――彼が与えてくる快感はティアを容赦なく追い詰めた。

「は――ルシアーノ様……や、あ……イ、く……」

こんなところで達してしまうなんて、と恥ずかしい感覚に身を捩るけれど、もう引き返すことはできなかった。せめてもと彼の肩に顔を伏せ、満ちる感覚に身をゆだねる。

「あっ……く、う、あっ……あぁっ……！」

びくびくと身体を揺らし、ティアは絶頂へと上り詰めた。快感の余韻にぐったりとして、ルシアーノの身体に寄りかかる。

「……気持ちよかった？」

ティアの背中を彼が撫でる。そうされると気持ちよくて、ティアはうっとりと目を閉じる。

「気持ちよかったかと俺は聞いているんだが」

重ねて問われ、ティアは彼の肩に顔を伏せたまま、ゆっくりと首を縦に動かす。頭の上の方でくすりと彼が笑う気配がした。

改めて羞恥の念が込み上げてきて、伏せた顔を上げることができない。彼の身体に寄りかかったまま、小さく身を震わせる。

「……俺の方は、おさまりがつかないんだけど」

「なっ……」

手を導かれて、ティアは赤面した。熱く硬くなったものに手が触れて、動揺してしまう。

「あのっ……ど、どうすれば……ま、待って！」

彼の手が、ティアの下着を下ろそうとしているのに気がついて焦ったが、彼は容赦などしてくれなかった。あっという間に剥ぎ取られ、完全にほころんでいるその場所を撫で上げられる。

「あっ……そ、そんなぁっ……」

二本まとめて突き立てられた指を、ティアは簡単に呑み込んだ。媚壁はうねり、ルシアーノの指を歓迎するかのように絡みつく。彼が指を動かす度に、ぐちゅぐちゅという淫らな音がティアの聴覚を刺激した。

暖かな陽気の中、吹き抜けていく風は心地よくて、時折鳥の鳴く声さえ聞こえてくるというのに。こんなところで淫らな行為にふけっているのが信じられなかった。

「ん、ふ、あぁぁっ――」

長く尾を引いた喘ぎに、ルシアーノは満足そうに指の動きを激しくする。ティアも自分を止めることができなくなっていた。恥ずかしいと思っていても、身体は言うことを聞いてくれない。

彼は片方の手でティアの身体を支え、脚の間に差し込んだ指を動かす。込み上げてくる愉悦に逆らうことができず、ティアはもう一度背筋をしならせた。

屋外で快感に溺れるというはしたなさを恥じる気持ちが残っていないわけではない。だが、彼に送り込まれた欲望がティアの身体に火をつけた。先ほど触れさせられた彼自身が、欲情していることを教えてくれていたからなおさらだ。

「……そのまま。俺に任せて」

耳元でささやく彼の声も濡れている。さらに欲を煽られて、身体の奥がずきりとした。器用に片方の手で服をくつろげた彼が、ティアの腰に手をかける。すっかり馴染んでしまった熱に貫かれる予感に、小さく身体が震えた。

「――あぁっ！」

下からぐっと突き上げられて、高い声が上がった。身体の内側を侵食する熱が、いつもより熱いように感じられる。

「あぁっ……こ、こんなところで……！」

自分から受け入れておきながらも、そう口にせずにはいられなかった。ティアが羞恥に身を捩るのを楽しんでいるかのように、彼は上に乗せたティアを揺さぶってくる。

こんな風に彼の上に乗せられるのは初めてのことで、いつもとは違う場所を擦られて、違った快感に背中をそらす。

「んっ……あ、あぁっ……や……、そんなにしたら……！」

また、快感の果てまで連れ去られる――その予感に身体の芯が疼いた。奥深くを抉《えぐ》られ、脳が焼けるような気がする。こらえきれない声が、唇の端から漏れ、悩ましい表情を浮かべてしまう。

のけぞりながら腰を揺り動かすと、突き出される形になった胸の膨らみに手がかかる。上半身はしっかりと服を着込んでいるというのに、下半身は繋がっている――服の上から刺激されて、そのことをまざまざと実感した。

「また――また、イッちゃ――！」

身体を揺すりながら訴える。どうしてこんなに彼と身体を重ねるのは心地よいのだろう。

「ル……ルシアーノ様……も……！」

自分だけ、こんなに何度も極めているのは嫌だ。彼にも快感を味わってほしくて、必死に訴える。

「もう一回、ティアが果てたら……にしようか」

言うなり、一際強く突き上げてきた。快感に慣れきった身体は、あっという間に高みへと放り出されてしまう。

「わ、私だけ……いやっ……！」

ルシアーノの形を覚え込もうというかのように、媚壁は激しく収縮した。上りきったまま下りてくることのできない快感に、また、ティアの腰が揺れ始める。

「も、一緒――い、やぁぁっ！」

頬を紅潮させ、情欲にまみれた瞳には涙の膜がかかっていて、ティアの表情は激しく扇情的なものへと変化している。薄く唇を開き、ティアの方から唇を押しつける。

慎みなんて言葉は、完全に頭から消え去っていた。身の内で暴れ回る熱をどうにかして鎮めたくて、必死に身体を踊らせる。

「ふ――ん、あ、あぁ……お願い……も、もう……！」

自分が何を口にしているのかも、もうわからなかった。ただ、解放だけを彼に願う。もし、その時彼と一緒に果てることができたのなら――もっといい。

ねっとりと舌を擦り合わせ、互いを一番近いところで感じる。口内を探る彼の舌が激しさを増し、身体を押さえつける力が強くなる。

「――俺も、そろそろ――！」

こんな風に切羽詰まった彼を、愛しいと思ってしまうのは間違いだろうか。ティアは、彼の首に回した腕に力を込める。

「くっ……は、あ、あぁぁぁ！」

舌を絡ませていれば、少しくらい声を抑えることができるかと思っていたのに、そんな考えは甘かった。高く嬌声が散り、がくがくと首を揺らしたティアの身体から力が抜ける。

「う……あっ、あぁっ――も、やぁっ！」

それなのに、彼は容赦なく下から突き上げてきて、ティアを再び高みへと連れ去ろうとする。内壁は、至福の時を求めて彼の肉棒に絡みつき、彼もまた欲を吐き出すべく揺さぶりを激しくしていく。

ティアは彼にしがみつき、内側が熱い飛沫で満たされるのを感じていた。ぐったりと彼に体重を預けてつぶやく。

「……動けません……」

「少し、このままでいようか」

呼吸が整った頃合いを見計らって、彼が自身を引き抜く。快感の名残に内側がひくりと震え、ティアは唇を噛んだ。

「怒っているのか？」

「いいえ……そういうわけでは」

乱れた服を整えて、敷物の上に二人並んで横たわれば、すかさず彼の手が身体に回される。行為が終わった後、口を開くのも億劫に感じられて、ティアは彼に寄り添ったままそれきり口を開こうとはしなかった。

あれだけ快感を貪ったのだから当然なのだが、身体が重い。それに彼にこうやって寄り添っているのは、少し幸せな気分がして――。

（ルシアーノ様との関係を考えたら、こういう風に感じるのは間違っているのかもしれないけれど）

顔を傾ければ、彼の心臓の音が直接響いてくる。また少し、二人の関係が変わったような、そんな気がした。

◇◆◇

（あんなつもりではなかったのに）

ティアはルシアーノの数歩後ろを歩いている。肩越しに視線を投げるものの、彼女は彼と目が合うなり視線を落としてしまった。

耳のあたりが赤くなっている——先ほどまでの行為を思い出しているのだろう。

「私は……どこまであなたに甘えてもいいのでしょうか」

敷物の上に並んで横になった時、胸に顔を寄せてきたティアの言葉が思い出される。半ば夢の国に旅立ちかけていたから、彼に聞かせるつもりはなかっただろう。

「どこまでも、甘えてくれてかまわないのに」

ティアに対してさんざんな扱いをした自覚はあるから、こちらからどう歩み寄ったらいいのかわからない。

とにかく一緒にいる時間を増やせばいいと、今まで必要もなく海軍省に出ていた時間を完全になくした。芝居見物に連れ出し、舞踏会にも同行させ、共に散歩もした。

屋敷で過ごす時間も、自分の仕事が終わればティアを捜し、図書室で本を読む彼女の側で別の本を手に取ったり、刺繍をしている彼女の横に腰かけて、手元をのぞき込んだりした。

少々困ったような顔をしながらも、ルシアーノが口を開けば、彼女は楽しそうに話に付き合ってくれた。だから、慢心していたのかもしれない。

ルシアーノが彼女を想うように、彼女も彼を想ってくれている、と。けれど、それがあまりにも甘い考えであったことを、どこまで甘えていいのかと彼女の漏らした一言で知った。

かけてやった上着にくるまった彼女が、腕の中で身じろぎする。いつの間にかとても大事に想うようになっていたというのに――二人の間にある壁はあまりにも高いようだ。

「大切にしたいんだ、君を」

今さら、言ったところで、信じてはもらえないだろう。

（彼女の尊厳を踏みにじるような扱いをしてきたのはこちらなのだから）

派手な容姿とティアの内面は真逆だった。つましい生活をしてきたのは知っているが、いまだに夜間の外出には慣れないらしい。

少しでかまわない。彼女に笑ってほしかった。これからはもっともっと大事にするから――笑っていてほしい。

そっと額に口づけたけれど、それはまどろむ彼女を起こしてしまうきっかけにしかならなかった。

「……あ、私ったら……ごめんなさい」

屋外で完全に眠りに落ちていたことを恥じたらしく、目元がわずかに赤くなる。不意に愛しさが込み上げてきて、慌てて上着の陰に顔を隠そうとする彼女を上着ごと抱きしめた――。

「ルシアーノ様、あの……」

先ほどのことを思い返していたら、いつの間にか足が止まっていたようで、呼ばれた時には彼女が追いついてきていた。

「何か、あったのですか？」

その声が不安そうに揺れているのに気づく。

「いや――、なんでもない」

「それなら、よかったです」

道端だというのに、口づけたいという欲求を抑えることができない。こちらを見上げている彼女の唇を掠めるようにキスすると、その目がまず驚きに見開かれ――それから、恥じらいと喜びがないまぜになった表情が浮かんだ。

（大切にする、これからはもっと）

その気持ちを裏切るような真似だけはすまいと、彼は決めた。

第六章　重なる心、繋がれた手

別荘で過ごしたのはたった数日だったが、思っていたよりもずっと実りの多いものだった。彼と二人きりで過ごす時間は濃密だったし、馬にも乗れるようになった。――それだけではなくて。

（……なんだか、とても仲良くなれたような気がする）

ティアの思い込みなのかもしれないけれど、明らかに彼との距離が近づいたと感じる。

それはけして不愉快なものではなくて、彼が戦地にいる間、ティアが考えていた生活に限りなく近いものでもあった。

（それなら、私の気持ちはなんと呼んだらいいのかしら）

今の気持ちをどう説明したらいいのか、自分でも適切な言葉を見つけることができない。

義母とはますます顔を合わせる機会が減った。今までは女主の部屋を使っていたのが、同じ敷地内にある離れに移ったからだ。

変わってティアが女主の部屋に入り、別荘から戻ってきて数週間がたつ頃には、社交の場に二人で顔を出すことが増え、出先でモニカと顔を合わせることもしばしばあった。

久しぶりにルシアーノが海軍省へ出勤した日。彼の上司である伯爵も同様に職場に行ったとかで、モニカとお茶の時間を過ごすことになった。

ティールームでモニカは膨れっ面になる。

「何よ、結局彼のいいようにあしらわれてるんじゃないの」

「……モニカ？　その言い方はあんまりだと思うの……都合よく扱われてるかもしれないけど、それだけじゃないとも思うし」

自分の言葉に説得力がないのもわかるが、きっかけは二人で過ごしたあの休暇だったのだと思う。使用人達も二人の前にはほとんど姿を見せなかったから、自然と相手を見るようになっていた。

激しい愛情はなくても、彼と共に過ごす時間は穏やかで、義母から話を持ち込まれた時に想像したような生活ができていると思う。

「だって、他になんて言えばいいの？　私が同じ扱いを受けたら、相手を蹴り飛ばしたって気がすまないわ」

ぷんぷんと膨れたモニカは、紅茶のカップを手にするとさらに頬を膨らませた。ティアのために憤ってくれているのがわかるから、あまり強く言うこともできなかった。

「でも、前よりはずっといい関係だと思うの。少なくとも——あの方は、私にいらいらしてないから」

「いらいらしたまま夫婦生活を続ける方が異常なのよ」

首を振ったモニカは、真剣な表情でティアを見る。目にはティアを案じる表情が浮かんでいた。

「それで、あなたは幸せなの……？」

「正直に言うと、まだわからないの。でも……前よりはずっと良好な関係だから」

夢の中で聞いたような気がする「どこまでも、甘えてくれてかまわないのに」という言葉。もう少しだけ、彼の方に踏み出すことができたなら、もっと関係になれるのかもしれない。

「あなたがいいなら、かまわないけれど」

「あなたと伯爵様みたいになれたら……いいなって思うの」

モニカと夫であるアゼムール伯爵も、元は家同士の繋がりから始まった。伯爵はモニカより二十も年上ということもあり、愛人を作ったりするような不誠実な人ではないのはわかっていたが、最初のうちはモニカも結婚を嫌がっていた。

「わ、私達は……たまたま、よ。気が合っただけだもの」

結婚前、ティアにさんざん愚痴を零したことを思い出したのか、少々気まずそうな表情になってモニカは言う。

「……ティアがそれでいいならいいのよ、私は。夫婦のことにまで首は突っ込めないものね」

使用人がルシアーノの帰宅を告げ、モニカは慌てて立ち上がる。彼が帰宅したということは、モニカの夫もそろそろ帰る頃だ。

「また今度、ゆっくり話しましょう。では、侯爵様。ごきげんよう」

風のように立ち去ったモニカに、ルシアーノは少し驚いたようだった。それから真顔になる。

「伯爵夫人が来ているとは思わなかった」

「ごめんなさい、お茶に招待したのですが、思ったより話が弾んでしまって」

「いや、ティアが楽しんでいるならそれでいい」

腰を抱いて引き寄せられ、額に唇が触れる。こうして、少しずつ親愛の情を示してくれるのだから、ティアの方だってそれに応えるべきだ。

(歩み寄る努力をしてくださっているのだから……)

だから、ティアも黙ってそれを受け入れる。こうしてルシアーノと接している時に、胸のあたりがぽかぽかする理由については、考えることを放棄していた。

彼が示しているのは、ただの親愛の情であって、それ以上でないことはわかっている。わかっているつもりなのに、優しくされたらつけあがる気持ちがわき起こってくるのだ。

時期が来たら離婚するという契約が、結婚をそのまま続けるという関係に変わっただけ。これ以上は期待しない方がいいと――わかっているのに。彼に触れられる度に妙な感情が心を揺さぶる。

だから、何も気づいていないようなふりをして、ティアは彼を見つめる。

「次のお休みは、何をして過ごしましょうか」

「君はどこに行きたい?」

「ルシアーノ様と一緒なら、どこでもかまいません」

軽々とティアを抱き上げて、彼はソファへと歩み寄る。膝の上に乗せられたティアは、甘えた仕草で彼の首に両腕を巻きつけた。

(……このままの生活が、ずっと続けばいい)

その願いを、口にすることはできなかった。

◇◆◇

ルシアーノの帰りを待っていたティアは時計を見上げた。そろそろ日付が変わってしまう。

今朝は友人と会うと言って出かけていったルシアーノだったが、夕食の時間には戻ってくるはずだった。それなのに、連絡もないまま帰宅しない。不安が大きくなってくる。

(戦地にいるわけじゃないから、危険なことなんてないのはわかっているけれど……でも、事故に遭ったのかもしれないし)

彼の身に悪いことが起こったわけではないといいのだが。不安に押しつぶされそうになっていると、ようやく馬車の音が聞こえてくる。

「……ルシアーノ様!」

慎みも忘れて、ティアは寝間着の上にガウンを羽織っただけという恰好で玄関ホールまで駆け下りた。

「……ティア」

「何か、あったのですか？」

強い衝撃を受けたようで、ルシアーノの顔は、表情を失っていた。主の出迎えに出てきた執事に、紅茶を用意して持ってくるようにと言いつけ、ティアはルシアーノの腕を引っ張って、寝室へと入った。

執事が運んできた紅茶にブランデーを垂らし、たっぷりと砂糖を入れ彼の前に差し出す。

「それはいらない」

「そういうわけにはいきません。まずはこれを飲んで身体を温めてください。酷い顔色ですよ？」

「……そうか」

ティアの言葉に促され、ルシアーノはカップを手に取る。ためらいがちに中身をすすっているうちに、少しずつ血色が戻ってくるのを見て、ティアはほっとした。

「何があったのですか？　私でお力になれるなら――」

「すまない」

ティアの言葉は途中で遮られてしまった。ルシアーノはカップを傍らに置くと、ティアの手を両手で握りしめる。

「俺は君に……とんでもないことをしてしまった」

「とんでもないことってなんですか？」

「君を解放してあげるべきだったんだ――最初の契約の通りに」

彼が何を言いたいのか、まったく話が見えない。

手を取られているのも気になるけれど、それ以上に彼が打ちのめされている様子なのがティアを戸惑わせた。

（ルシアーノ様が、こんな風になるなんて……一体、何があったのかしら）

ようやく戦地から戻ってきたら、既婚者になっていたという時でさえ、彼がここまで打ちのめされた様子を見せたことはなかった。あの時は、怒りの方が先に立っていたからかもしれないが。

「……正統な爵位の継承者が現れた」

そう言われて、ティアはきょとんとしてしまった。

「でも……他に男兄弟はいらっしゃいませんよね？」

ルシアーノは彼の父から爵位を継いだと聞いている。彼の下には妹が一人いるだけだし、問題はないはずだ。……でも、もし。彼の父に隠し子がいたのだとしたら。

「……いや、父の兄――つまり伯父に息子がいたんだ。その可能性があるのは知っていたから、ずっと捜し続けていた」

先代当主はルシアーノの父。さらにその前は――ルシアーノの祖父。だが、肖像画には、二人の息子が描かれていた。ルシアーノの伯父にあたる長兄はロルカ王国に渡り、そこで亡くなったと聞かされていたのだが、現地で子供をもうけていたらしい。

「祖父が何度も戻ってくるよう説得していたのだが、伯父は帰国しないまま亡くなってしまった。子供がいたらしいという噂があったから、俺は爵位を一時預かっているだけのつもりだったんだが――」

だから、出征前に急いで結婚するようなことはしなかったのだとルシアーノは言外に告げる。今日、正統な後継者が証拠を持って現れたのだそうだ。

「しかも、その後継者というのがフェリクスなんだ。しばらくの間留守にしていたと思ったら、ロルカ王国まで書類を引き取りに行っていたらしい。つまり――彼が次のシドニア侯爵になるかもしれないということだ」

「驚きました」

ルシアーノの隣に腰かけたティアは、そっと寄り添って彼の腕に自分の腕を絡めた。

「何をそんなに落ち着いているんだ。この屋敷を出て行かなければならないんだぞ？」

「私、そんなこと少しも気にしていませんけれど」

脅すようにルシアーノは言うが、ティアは平然としたものだった。ティアの言葉に、ルシアーノの方が呆然としてしまった。

「今すぐ出て行けって言われたら困りますけど、少なくとも明日の朝までは待ってもらえるのでしょう？　だったら、後は明日考えればいいではないですか」

「俺が言いたいのはそういうことではなく！」

まったく動じていないティアの反応が、ルシアーノをいらいらとさせたようだった。いつもより語気が荒くなっている。

「大丈夫ですよ、街中には意外に貸家もありますし、実家の伝手《つて》で探してもらいます。明日朝から動けば夕方には見つかると思います――ああ、見つからなかったら、しばらく私の実家に泊まれば大丈夫です」

「だから！」

あれこれと今後のことを話し始めるティアの言葉を遮って、ルシアーノは叫んだ。

「今までみたいな生活は送れなくなると言ってるんだ。これで、君が俺と一緒にいる必要はなくなるだろう」

ルシアーノの目は、今の状況をどうしようもなく苛立たしいと思っていることを如実に表していた。

「……そうですね」

小さくティアは笑う。

「では、離婚しますか？　今離婚したら、私はルシアーノ様が貧乏になったから逃げ出したって世間から後ろ指をさされてしまいますけど、事実ですからしかたないですよね」

ティアの言うことももっともだった。同じような状況に陥った時、別れることを決めた女性は、夫を見捨てたと噂になりやすい。そうなる前、かなりの資産を持っていたのならなおさらだ。

「違う——俺は、最初の契約通りに君を解放すべきだったと言っているんだ……君に、申し訳ないことをしてしまったと。当初の予定通りにしていれば、君の生活くらいは守ることができた」

（そんなことを考えていらしたの……）

ティアの方はなんとも思っていないのに、ルシアーノは現状をとても申し訳なく思っているらしい。彼を引き寄せたティアは、身体を重ねるようになってからしばしばそうしているように、彼に身を預ける。

「最初はルシアーノ様のことを嫌だって思ったし、半年の辛抱だって考えていたのも否定しませんけれど」

朝食の時だけとはいえ、顔を合わせていれば会話の機会も増えていく。先に折れたのがティアなのかルシアーノなのかはわからないし、どうでもいい。

ティアはそっと手を伸ばしてルシアーノの頬に触れる。そうやってティアの方から手を伸ばすのは滅多にないことだった。

「でも、何がきっかけかはわかりませんが、少しずつ歩み寄ってくださったじゃないですか。そのお気持ちが嬉しかったから――私はルシアーノ様とずっと一緒にいたいと思っています」

始まり方はどうであれ、今はルシアーノのことを大切に思っている。そう言葉を続けると、ルシアーノは困ったような顔になった。

「大丈夫です。私こう見えても家計の切り盛りは、結構得意なんです。料理だってちょっとはできるし……お屋敷の料理人並みの料理を期待されたら困りますけれど、食べられなくはないです。それとも、私のことがお嫌いですか？」

歩み寄ってくれているというのがティアの思い込みで、本当はルシアーノは彼女とこれからも一緒にいるつもりなどなかったのなら、今口にしたことはまるきり無駄になってしまう。自分からそう口にしておいて、ティアは胸が不安でどきどきするのを感じた。

「……いや。俺は……君が好きだ。愛している――と、思う……」

それは酷くあやふやな言い方だった。自分の気持ちを告げるのに慣れていないということがまざまざと伝わってくる。そんな彼が愛おしく感じられて、ティアはくすくすと笑った。

どうして、いつの間に、こんなにこの人のことを大切に思うようになっていたのだろう。

「……それなら……今後も、私のことを見ていてください。私は、あなたが侯爵だから好きになったわけではありません。あなたが――あなた、だから……一緒に歩いて行きたいって思ったんです」

ティアの言葉が思いがけなかったようで、彼は目を見開く。

（そうよ、私はこの人のことをとても大切に思っているんだもの）

出会いこそ珍しい状況だったとはいえ、その後何か劇的な事件が二人の間にあったわけではない。日を重ね、相手を知ろうとし、その過程で少しずつ互いのことを大切に思うようになっていただけ。

「……ルシアーノ様」

小声で名を呼び、ティアの方から顔を寄せて彼の唇にキスをした。クラヴァットを緩め、シャツのボタンを一つずつ外していく。

「もう少し、あなたと一緒にいたいと――そう思ってはいけませんか？」

ルシアーノとの関係は、たしかにいいことばかりではなかったと思う。けれど、お互い相手に対する先入観を取り去って向き合ってみれば、さほど悪い印象ではなかったのだ。

きっかけはどうであれ、これから先の長い人生を共に歩むと決めた。そこに生半可な気持ちはない。

「……だが、俺は……」

「余計なことを言うのはやめましょう。ルシアーノ様がだめだっておっしゃっても、私はついていくから無駄ですよ」

もう一度キスをして、今度は舌を差し入れる。驚いたのかルシアーノは一瞬、身体を強ばらせたけれど、押し出そうとはせずに彼の方からも絡め合わせてくれた。

「んっ……」

鼻にかかった吐息が漏れる。舌を擦り合わせながら、ティアの手は忙しく動いていた。シャツのボタンを一番下まで外し、彼の肩から滑り落とす。

そして、下着に手をかけた。頭からそれを抜き取ると、よく鍛えられた上半身が露わになる。

「脱ぐのは俺だけ？」

ここまできて、少し余裕を取り戻したらしいルシアーノが悪戯めいた口調でたずねた。ソファに座った彼にのしかかる形になっているティアは首を傾げる。

「……わ、私は……」

いつだったか、外で愛し合った時のことを思い出した。あの時は、屋外だったということもあり、二人共ほとんど服を脱がなかった。上半身はしっかりと着込んでいるのに、スカートの中で下半身を繋げて。今は、あの時と同じような体勢だった。

「……い、今はまだいいです……！」

顔を赤くしたティアは、それでも手を止めようとはしなかった。いつも彼がティアにどんな風に触れてくるのか。それを思い出しながら、同じように触れてみる。首筋に舌を這わせると、ルシアーノの肩が揺れた。彼の肩が跳ねた場所をもう一度舌で舐めてみた。

そうしながら、脇腹に沿って手を滑らせていく。引き締まった腹筋は少しごつごつしていて、ティアの柔らかな身体とはまるで違うことを実感した。

頭上から聞こえてくるルシアーノの息が乱れて、少しずつ余裕がなくなっているのを知る。

なんだかそうしているのが幸せで、ティアは同じことを繰り返した。

「ティア――それ以上はだめだ！」

トラウザーズに手をかけたところで、ルシアーノに止められる。何か失敗したのだろうかと、こわごわと見上げれば、彼の方へと引き上げられた。

「……そのまま、絶対に動かないで」

彼をまたいで、膝立ちの姿勢を取らされる。大きく広がった脚を閉じることができず、今さらながらに羞恥心が押し寄せてきた。

「あっ……ふっ……」

口づけられて、ティアの口から小さな喘ぎが上がる。あっという間に彼の手によって、ガウンが床へと落とされた。寝間着の前に並んだボタンを外した彼は、腰のあたりまで寝間着を引き下ろす。

「あ、あの……」

「俺だけ脱ぐのでは、不公平だと思わないか？」

ルシアーノがそう言って笑うのを見て、ティアはいたたまれない気持ちになってしまった。彼の前では何度も肌をさらしているが、こうやって正面から見られるのが恥ずかしくないというわけではないのだ。

恥じらう表情を見つめながら、彼の手が寝間着の裾を捲り上げる。そのまま中へと進入してきて、迷うことなく一番奥にたどり着いた。

「や、あんっ！」

寝間着を腰回りに巻きつけて、下着はまだ身につけている。けれどその場所は、ティアがルシアーノに触れながら密かに欲情していたことを表していた。

「こ、これは——」

ただでさえ赤い顔が、ますます赤くなったような気がしてくる。きゅっと布ごとその場所を摘まれて、下肢が甘く痺れてしまう。

「だ、だめです……！」

立てた膝に力が入らなくなってくる。ルシアーノの膝の上に崩れ落ちてしまいそうになり、慌てて体勢を立て直す。

「こんなに濡らしているのなら、もっと早く俺の方から動けばよかった」

笑い交じりのルシアーノの声が耳を打つ。羞恥の念が快感を増幅することもまた、彼に教え込まれていた。身動きした拍子に、脚の間からとろりとした蜜が流れ落ちるのがわかった。

「ん、ふ……んんっ、あ、あぁっ……！」

半分爪を立てるようにしながら、その場所を捏ねられると、そこから広がるざわめきが全身を甘く蕩けさせていく。がくがくと揺れる腰が落ちそうになるのを、ルシアーノはもう片方の手で引き上げた。

「腰を落としていいとは言ってないだろう？」

（……私がルシアーノ様を……愛するはずだったのに……）

心のどこかから、悔しがる声も聞こえてきたけれど、どうしたって彼にかなうはずがないことはティア自身もよく知っていた。

「でっ……でもっ……力、抜けて……」

全身に広がる甘い痺れは、下肢からも力を奪っていた。自分の力で身体を支えることができなくて、ルシアーノにしがみついてしまう。

「しかたないな。こんなに感じやすくて――我慢をすることができないんだから」

そう言う声に、愛情のようなものを感じる。今までになく、彼との距離が近くなって、心が満たされていく気がした。

彼が下半身に手をかけても、逆らおうなんて考えもしなかった。ドロワーズを引きずり下ろす彼の動きに協力して、脱がされたそれを床の上へと落とす。

「わ、私、その……」

きっと彼はお見通しなのだろうけれど、ティアの花弁は蜜でしとどに濡れそぼっていた。触れられたなら、その瞬間に弾けてしまうかもしれない。そう思うほどに淫芽も膨れ上がっている。

「……どんな感じ？　ああ、これは……」

「あっ、あ、あ、あぁっ！」

脚の間に割り込んできた手が花弁を開き、完全にほころんでいる中へと突き立てられる。淫らな音を立てながらその場所をこねられて、ティアは泣くような声を上げた。

「やっ、んっ、あぁっ――あぁぁっ！」

指が突き入れられる度に、どうしようもなく切ない声が上がる。あますところなく、ティアも声と仕草で快感を得ていることを告げた。

「……お、お願い……我慢できない、の……」

半分泣くような声で訴えれば、体内に埋め込まれていた指が引き抜かれる。このままこの場で貫かれるのかと思っていたら、ティアを横抱きにして、彼は立ち上がった。

大股で部屋を横切り、ティアをベッドへと下ろす。まだ腰回りに残っていた寝間着が取り払われた。裸身をさらしているのが恥ずかしくて、シーツの中へと潜り込む。ティアに背を向けて、自分も全てを脱いだルシアーノが背後からシーツへと入ってきた。

「目を閉じないで。俺を見て」

熱を帯びた声で彼がささやく。

「——愛してる。こんな状況になるまで言えなかった俺を、許してほしい」

許すも許さないもない。思いがけない言葉を聞かされて、ティアの目からはとめどなく涙が流れ落ちた。その涙を彼は丁寧に指で払い、そしてそこに唇を重ねていく。

「わ、私……あ、どうして——」

もっといろいろなことを考えておけばよかった。愛してる、なんて——そんな言葉をもらえるなんて期待していなかったから、彼にどんな言葉を返せばいいのかわからない。

「わ、私は……あの……」

「どんなことをしても、君に苦労はさせない。だから——」

「で、も——」

どうして、ルシアーノはこんな風にティアに触れるのだろう。頬を撫でる手は優しくて、壊れ物でも扱っているようだ。彼との関係が、また形を変えようとしている。

愛している、と告げるルシアーノの声は緊張のためか震えていた。それを聞いたティアも震えてしまう。

「——あっ」

脚の間にあてがわれた熱杭が、圧倒的な重量感を持って押し入ってくる。彼は性急にティアを突き上げようとはしなかった。

こうしていられることが奇跡だとでもいうかのように、奥まで貫いたままゆらゆらと揺れる。ぴたりと密着して、ティアは幸せを噛みしめた。

「ルシアーノ様……もっと、側に……」

首に手をかけ、自分の方へと引き寄せる。彼の体温に包まれるのと同時に奥を突かれて、甘い声が口から上がる。

「もっと……もっと、放さないで、側にいて」

側にいてほしいなんて、口にしたことはなかった。ルシアーノと自分の間にはそんな関係は成立しないはずだったから。けれど、心が通じ合った今は、彼に貫かれているという事実だけで嬉しい。

「ティア……愛している……君を」

負担をかけまいとしているのか、ゆっくりとした彼の動きがもどかしい。自分から脚を彼の腰に絡めて、一番奥へと招き入れる。

乱れた息が、室内に響く。今まで何度も身体を重ねてきたけれど、こんな風にこの人と触れ合うことになるなんて思わなかった。

「……あっ」

けして激しく繋がっているわけではないのに、彼の手に触れられるだけでとても高ぶってしまう。互いの身体にくまなく手を滑らせ、快感だけではなくて気持ちも分け合おうとする。

そのままゆったりと揺さぶられて、先に昇り詰めたのはティアの方だった。

（……愛している。この人を）

最後の瞬間、ティアは心の中でそう思い――一瞬遅れて彼がティアの中で果てたのを知って、いっそう愛おしく感じられた。

愛をたしかめ合った後も、ルシアーノは、ティアを放そうとはしなかった。ティアもろともシーツを身体に巻きつける。

こんな風に満ち足りた気持ちで、彼と並んで横たわっているのは初めてかもしれない。

腕の中に抱き込まれて、とても幸せな気持ちになる。

「……俺は君を解放してあげることしか考えていなかった。最初から、君はいなくなるものだと決めつけて」

「ルシアーノ様は、私のことをよく知らないから、そういう風に思うんですよ」

身体だけではなく心まで満たされると、こんなにも幸せなのだと実感する。

ティアはルシアーノに身体を擦り寄せた。今の今まで抱き合っていた身体はまだ熱情の余韻を残している。何一つ隔てるものなく彼と触れ合っているとは、温かくて安心できた。

「ルシアーノ様、明日からもよろしくお願いします」

「改めてよろしく、だな」

鼻を擦り合わせるようにして、唇を重ねるだけのキスをする。改めて幸せが押し寄せてきた。これが、愛し合うということなのだろう。

身体だけを重ねるより、こうやって心も重ねた方が何倍も幸福だ。

多少の苦労はあるかもしれない。けれど、そんなことは今ではどうでもいいように思えた。ティアを腕の中に抱え込んだ彼が、不意に体勢を変える。

「え？」

「……もう一度……ティアと愛し合いたい」

返事をする前に、彼の手は早々とティアの胸を手中におさめている。たっぷりと愛された身体はまだ重かったけれど、ティアは了承の印に、彼を抱きしめた。

◇◆◇

翌日、ティアはさっそく動き始めた。

実を言うと、ルシアーノの話は全てが正しいというわけではなく、現在、フェリクスがシドニア侯爵家の正統な跡取りだという主張が正しいのか否か、審議している最中なのだそうだ。

決着をみるまでは屋敷にいてもいいということだったが、自分達のものではないかもしれない屋敷にいるのもはばかられて、ティアとルシアーノは早々に家を借りて移り住んだ。家具付きの物件を選んだから、必要最低限のものさえ揃えればよく、すぐに引っ越しを終えることができた。

侯爵家の正統な跡取りが見つかったらしいという噂は、あっという間に社交界中に広まり、それを聞きつけたモニカは心配になったようで引っ越し先までたずねてきた。

今、ティアとルシアーノが住んでいるのは、ティアが見つけてきた借家だ。一階には厨房と食堂、今モニカを通している客間の他に数部屋があり、二階はティア達の寝室と客用寝室、三階が住み込みの使用人の部屋となっている。

狭いながらも庭があり、そこはティアの采配によって一部畑にするよう手配されていた。以前の屋敷と比べればたしかに狭いが、とても貧乏というほどではなく、使用人を雇う程度の生活水準は保たれている。

どうやら、ルシアーノに対するモニカの信頼度は限りなく低いようで、ティアが説明してもモニカの表情から懸念の色を消し去ることはできなかった。

「今は大丈夫なの？　あの人、落ち込んでティアに八つ当たりしたりしてない？」

「まさか、とても大切に——屋敷にいた頃より大切にしてくださってるかも」

メイドはちょうどいい人材を雇えたのだが、料理人はまだ満足のいく者を見つけることができておらず、食事の用意はもっぱらティアの仕事になっていた。

「今朝だってベッドまでお茶を持って来てくださったし」

「……あの人が、ねえ」

大げさな声音で言ったモニカは両腕を広げて派手に嘆息してみせた。

「あ、お帰りになったみたい」

玄関の扉が開く音がする。モニカを待たせておいてティアが出迎えると、戻ってきたルシアーノは彼女の腰に手をかけて引き寄せた。ティアが差し出したのは頬だったはずなのに、強引に彼の方へと顔を向けられて、深々とキスをされてしまう。

「んーっ、んんっ」

客人がいるのだと背中を叩いて合図するが、彼はまったく気づいていないようだった。キスがますます深くなり、ティアの脚から力が抜けそうになる。

ごほん、とわざとらしい咳払いの音がして、ようやく唇を離された。

「私、失礼するわ。家の馬車を呼んでくださる？」

「伯爵夫人……これは失礼した。俺が馬車を呼んできましょう。裏の通りに停めてありますか」

友人に現場を見られてティアは真っ赤になったけれど、ルシアーノはたいして気にしていない様子だった。

この家には馬車を待たせておく場所はないから、モニカの乗ってきた馬車は家の裏手の方に回されていた。今までなら使用人にさせていただろうに、ルシアーノは自分で馬車を呼びに行ってくれた。

「……あの人、変わったわね」

「変わったかどうかはわからないけれど、少なくとも私は不幸だとは思ってないの」

ここぞとばかりにティアは主張した。友人にルシアーノを認めてもらいたかったのだ。

「彼があなたのことを大事にしているのもなんとなくわかったから、もううるさいことは言わないわ」

「ありがとう、モニカ」

ほんの少しだけ、モニカがルシアーノに向ける目が険しくなくなった気がする。それは、ルシアーノも感じているようだった。

その日の夜、ソファでくつろぎながらルシアーノはしみじみと言った。

「伯爵夫人は、君のことを本当に大切に思っているんだな。まさか、ここまで来るとは予想していなかった」

ルシアーノが爵位を失うかもしれないという噂が広まって以来、二人と距離を置こうとする人達は多数いた。爵位とそれに付随する財産がなければルシアーノはただの海軍将校で、たしかに取り入ってもうま味はない。

「モニカは親友ですもの。昔から、私とモニカの間の身分差はありましたし、ルシアーノ様が爵位を失ったくらいで変わったりしません」

本来なら、ティアとモニカが知り合う機会などなかったはずだった。

仲良くなってからモニカが白状したところによれば、身分の高い貴族の令嬢である彼女は、幼い頃から屋敷に閉じ込められた生活を送っていて『お忍び』という言葉に憧れていたらしい。

こっそり家を抜け出た彼女が、転んで怪我をしてしまい、泣きそうになっていたところに行き会ったのがティアだった。当時八歳と年齢は同じだったものの、街中の一軒家に住んでいて家の手伝いもさせられていたティアの方がモニカよりよほどたくましかった。

自宅に連れ帰って怪我の手当てをした後、モニカの屋敷に連絡を入れるよう使用人を走らせるところまで一人でやってのけたティアを、モニカの両親が招待してくれた――というのがきっかけだ。

身分が違うと遠ざけられても当然なのだが、モニカの両親もティアのことを気に入ったらしく、モニカの話し相手として月に数度屋敷に招いてくれるようになり、そのまま現在に至るまで親交が続いているのである。

「ですから、感謝するならモニカのご両親に、でしょうね。私がモニカの友人でいても、嫌な顔をなさいませんでしたから」

もともと脱走するくらいの根性はあったのだから、その後のモニカが多少奔放に育ったのはティアのせいではないと思う。

「……そうか、君は恵まれているな」

ティアの肩に回されたルシアーノの手に力が入る。ティアは自分から彼の身体へと体重を預けていった。

引っ越して以来、こうして彼と接する機会がさらに増えた。軍の仕事までやめたわけではないから、時々海軍省に出かけていくこともある。だが、出かけても早めに仕事を切り上げて帰ってきた後はティアを片時も手放そうとはしない。

不在にしていた頃の分を埋め合わせようとしているのか、ティアが裁縫をしたり手紙を書いたり支払いの確認をしたりといったこまごまとした家の用事を片づけている間も側にいることを好んだ。

「そうですよ。こうしてルシアーノ様と一緒にいられるし」

この感情をなんと呼ぶのが正解なのか、正直に言えばまだ迷っている。恋——はしていると思う。では、そこに愛はあるのだろうか。

ルシアーノがティアに向けている感情は、ただの愛というよりは溺愛といった方が近いかもしれない。夕食の肉を焦がしてしまった時も、笑って許してくれたし、何もしないでこうやってティアを腕の中に囲っているだけで楽しそうなのだから。

「……んっ、も……だめですってば」

頬に口づけられ、それが喉元へと下りていき、同時に右手が不埒な動きを始めてティアは身を捩る。これ以上彼が触れることを許していたら、このままでは終わらないことくらいわかっている。

「ルシアーノ様？」

「すまない、我慢できない――」

「ですから、ここではいけませんって言ってるのに！」

彼がその気になったら、ティアにかなうはずなんてない。あっという間にソファに押し倒されて、後は彼の手に翻弄されるしかなかった。

第七章　正統な後継者

他の人の目には、どう映っているのかはわからない。けれど、ティアはおおむね今の生活に満足していた。

（ルシアーノ様と仲良くできているだけで嬉しい）

たしかに巨額の財産こそないが、軍人としてのルシアーノの収入だけで十分やっていけるし、実家もさほど裕福というわけではなかったから、元の生活に戻っただけのことだ。

夏も終わり、涼しい風が吹き始めたその日、ティアが肉を入れた籠を抱えて歩いていたのは、買い物に行くのを忘れていたからだった。本当ならもう少し早い時間に行かなければならなかったのに、あれこれしていたら時間を逃してしまったのである。

向こう側から歩いてくるフェリクスに気がついたティアは足を止めた。

「……こんにちは、フェリクス様」

フェリクスの服装がずいぶん変わったように見えて、ティアは首を傾げる。数度の瞬きの後、以前よりはるかに上質なものを身につけているのだということを理解した。

「少し話せるかな」

「……歩きながらでかまいませんか？　夕食用のお肉を買って帰るところなんです」

「そんなこと、君の仕事じゃないだろうに」

フェリクスの目が、痛ましそうに屋敷にいた頃より荒れ始めているティアの手へと向けられる。きちんと手入れはしているのだが、これればかりはどうしようもない。

「結構楽しいですよ。実家にいた頃だって自分で料理することもありましたから」

最近では、ティアが厨房に立っているとルシアーノがいつの間にか調理に加わっていることもある。人参ニンジンのへたを落としたり、タマネギの皮を剥いたり、時には大量のジャガイモの皮を剥いて切ってくれることもあった。

彼の手伝いはさほど戦力になっているわけではないのだが、厨房に二人でいるというのは特別な気分にさせてくれる。

けれど、フェリクスはさして重要な話をしようとせず、いつの間にか二人は今の家の近くまで来ていた。

「それで――お話というのはなんでしょう？」

「それは……ティア」

不意にフェリクスの雰囲気が変わる。不吉な予感がして、ティアは一歩彼との距離を空けた。彼はティアへと近寄ってくる。ティアが身を強ばらせると――フェリクスは肩を掴んできた。

「あいつと別れないか」

あいつ？　別れる？　いきなりの言葉にティアは目を丸くする。何を言われるのかと身構えていたけれど、予想外の言葉にぽかんとしてしまった。

(余計なお世話そのものじゃない……！)

あまりの馬鹿馬鹿しさに、返すべき言葉さえ出てこない。ただ、肉の入った籠を抱きしめる。

「なぜ、別れなければいけないのですか？」

相手がたじろぐほど、強い眼差しになればいい。フェリクスを見上げると、思いがけな

いほど近くに顔があった。そういえば、彼とこんな距離まで近づいたことはなかった。穴が開きそうなほど見つめているティアに、彼はさらに言いつのった。

「どうせ、愛情なんてないのだろう？　君が結婚したのは、彼の財産目当てだったんだから、今となっては一緒にいる理由なんてないじゃないか」

ティアは小さく息をついた。きっかけがそこにあったことまで否定するつもりはないが、ルシアーノと今の関係があるのはお互いが少しずつ歩み寄った結果だ。

「ルシアーノ様のことは噂くらいでしか知らないまま結婚したのも、お話を持って来てくださったのがお義母様であったことも、いただいた支度金で実家が助かったことも……否定はしません」

ティアの言葉に、なぜかフェリクスは喜んだ表情になった。ティアを自分の思い通りに操ることができると思ったのかもしれない。

「あいつと別れて俺のところに来い。君に不自由はさせない——世間体もあるし、ルシアーノの妻だった君を屋敷に迎えるわけにはいかないけれど、そこは理解してくれるだろう？」

「何をおっしゃりたいのかさっぱり理解できないのですが」

ティアの口調が、とげとげしくなってしまったとしても、誰も咎めることはできないだろう。本当はフェリクスが言おうとしていることくらいわかっているのだが、あえてそこは言葉にしない。愛人への誘いだなんて、あまりにも無礼だ。

　この人が、こんなにも醜い表情をするのかと驚くほどにフェリクスが顔を歪ませた。

「君は、あんな男と一緒にいるべきじゃない――だから、別れろと言ってるんだ。俺は何度も君に求婚した――今の君を救えるのは俺だけだ」

「ご自分の言っていることがめちゃくちゃだという自覚はないのですか。私は救ってほしいなんて思っていません」

　あまりな言い分に、さすがのティアも驚いてしまった。たしかにフェリクスは、かつてティアに求婚してきたことはある。けれど、ティア本人ではなく親の方に持ち込まれた話であったし、ティアもさほど深刻には受け止めていなかった。

「――めちゃくちゃ？　どこが？　俺の求婚を断った君に贅沢な生活を約束してやろうっていうんだ。ありがたく思って、そこに膝をつくべきじゃないのか？」

　肩を掴んだだけではなく、ティアの方へと身を寄せる。今にも口づけられるのではないかと思うほど、顔の距離が近くなった。

「……馬鹿馬鹿しい。私は、ルシアーノ様と結婚しているんです……あなたの言うように押しつけられた結婚かもしれませんが、今ではお互いにとても大切に思っています。理由もないのにルシアーノ様から離れるつもりはありません」

　一息に言い切ると、肩を掴んでいたフェリクスの手を勢いよく振り払った。

「今のお話は忘れます。ですから、もう私には関わらないでください」

身を翻し、ティアは足早にその場を後にした。

(本気で怒らせてしまったかしら――でも)

フェリクスが口にしたことは、あまりにも屈辱的だった。ルシアーノと別れて愛人になれだなんてあんまりだ。

(以前は、あんなことを言う人ではなかったのに)

ティアからすれば、フェリクスのやり口は誉められたものではないと思う。普通なら、ルシアーノを見捨ててフェリクスの腕に飛び込むのだろうか。

(……それにしても)

フェリクスが新しいシドニア侯爵候補だという話は聞いていた。となると、上質な衣服は次の正統な侯爵に近づきたい誰かが与えたものなのかもしれない。

(あの方には――シドニア侯爵家の特徴は出ていない。どうして違うのかしら。お母様が他の国の方だから?)

フェリクスもロルカ王国から来たのだと噂で聞いた。子供の頃、母親に連れられてこちらに戻ってきたのだそうだ。

(もし、二年前に侯爵だとわかっていたら、お父様もお母様も断らなかったのでしょうね)

シドニア侯爵家の当主なら、多少素行が悪かったところでティアの両親は気にしなかっただろう。運命とはわからないものだと思いながら、ティアは急ぎ足に歩き始めた。

今日の夕食は野菜を使った前菜、スープに、メインとなる肉料理。パンは籠に入れて、二人の間に置いてある。

侯爵邸なら使用人が順番に給仕してくれるのだが、この家に引っ越してきてからは違う。前菜とスープはもうテーブルに出されていて、肉料理はオーブンの中で保温中だ。

「今日は豚肉を焼いてみました。お好きでしたよね。お仕事の方はいかがですか？」

普段ならティアの方から、ルシアーノの仕事についてたずねることはなかった。それが今日はいつもとは違う言動に出てしまったのは、フェリクスと街中で行き会ったことが理由なのかもしれない。

「悪くはないかな。仲間も同情してくれるやつの方が多いし、アゼムール伯爵もずいぶん気を使ってくださっているし」

「それなら、よかったです」

侯爵位を取り上げられる可能性の高いルシアーノに対して、海軍省の人達は同情的なようだ。軍で彼の立場がなくなるようなら困ったものだと思っていたが、そんなことはなかったらしい。

一度立ち上がったティアは、保温しておいた肉を取り分けて、それぞれの前に料理の皿を置く。使用人達も、裏で同じ食材から作った賄い料理を食べているはずだ。この時間は、ティアとルシアーノにとっては二人でのんびりと過ごす大切な時となっていた。

「フェリクス様に、今日お会いしました」

「フェリクス……？　あいつが何か？」

「いえ、その……説明が難しいのですが……以前とはずいぶんお変わりになったと思って」

フェリクスからぶつけられた、無礼な発言についてまではルシアーノの前で口にすることはできなかった。以前は、あんな人ではなかったと思うのに、どこで何が変わってしまったのだろう。

「どうやら、シドニア侯爵の地位は彼の手に落ちることになったらしい。そうなれば、多少変わってもしかたがないのではないかな」

「そうかもしれませんね」

ルシアーノが何を言いたいのか、ティアにはよくわかった。地位と財産に目がくらむ人もたくさんいる。ルシアーノが屋敷を出ると言った時、以前と変わらない付き合いをしてくれた人は多くはなかった。軍の関係者は例外で、たいていの貴族達は何かを恐れるかのようにルシアーノから離れていった。

――義母でさえも。

財産を国預かりにしたくないとティアを迎えた義母は、ルシアーノが屋敷を出ると聞くなり、娘のところへと身を寄せてしまった。財産を失った義理の息子とは、一緒にいる必要はないと思ったらしい。もっとも、それが本来の形であるようにも思う。彼女とルシアーノの間に血の繋がりはないのだから。

「……おそらく、地位にふさわしい服装をしろ、とでも言って費用を出したやつがいるんだろう。財産はまだ彼の自由にはならないはずだから」

「……怖いですね」

実に素直な感想をティアは口にのせた。

以前のフェリクスは、あんな無礼な発言をする人ではなかったと思う。ティアの結婚をあまりよく思っていないようではあったけれど、少なくとも表面的には礼儀正しく接してくれた。今日みたいに、道端で愛人になれなんて発言はしなかったはずだ。

「財産に目がくらむ者はいくらでもいる——それは君も知っているだろうに」

ルシアーノの言葉に、ティアは頷いた。最初に会った時、彼が彼女に対して辛辣な口調で吐き捨てたのも、もともとはそれが原因だ。

「……でも」

ティアはおそるおそる口を開いた。ティアの考えをルシアーノは笑うかもしれない。

「フェリクス様が本物の後継者ではないという可能性はないのですか？」

「というと？」

「……私の言葉は証拠にはならないでしょうけれど……フェリクス様にはシドニア侯爵家の特徴がないみたいなので」

ティアの言葉は彼には理解できないようだった。ティアは自分の耳に手をやる。

「ルシアーノ様の耳は、こうやって横に突き出てて、耳朶が小さいんです」

「……そうだな」

毎朝、鏡を見ているからだろうか、耳元にやった手で横に突き出ている状態を示したティアの説明でルシアーノは理解したようだった。

「お屋敷には、代々の肖像画が並んでいたでしょう？　私、ずっと見ていたので……」

侯爵家代々の肖像画に描かれた人々は皆、ルシアーノと同じような特徴を持っていた。中にはさほど強くは出ていない人もいるのだが、それでも確実にその特徴は見受けられた。

「フェリクス様の耳は違ったんです。お母様が外国の方だからかなって思ったんですけど」

今まではそこまでフェリクスと接近することもなかったから、気がつきもしなかった。だが、今日道端で腕を掴まれた時、反射的に彼の耳を見てしまったのだ。

ティアの言葉に、ルシアーノは思案顔になった。だが、笑顔を作って、話題を変える。

「かもしれないな……その話はもう終わりにしようか。さて、食後の片づけは俺が引き受けるよ。君は何をする？」

「モニカからチョコレートをもらったんです。お茶をいれましょうか」

お湯を沸かすのは厨房だから、結局のところは皿を下げたルシアーノと一緒に厨房に入ることになる。調理台の上に皿を置いておけば、後は使用人が片づけてくれる。引っ越してから、自分達でしなければならないことがいろいろ増えたけれど、それをルシアーノが気にしている様子はなかった。

調理台に重ねた食器を置くなり、彼はキスをしかけてくる。声をたてずに笑ったティアは、そっと彼を押しやった。

「……火を使うから、危ないですよ」

お湯を沸かし、カップを温め、ティーポットと一緒にトレイに載せてルシアーノに渡す。彼がそれを居間に運んでいる間に、ティアはモニカからもらったチョコレートの箱を寝室まで取りにいった。

「最近新しくできたお店で買ったそうですよ」

箱の中には、スミレの砂糖漬けを載せたチョコレートがずらりと並んでいる。一つ摘んだルシアーノはそれを自分の口に放り込んだ。そして、ティアの背に腕を回して引き寄せる。

唇を重ねると、少し溶けたチョコレートが押し込まれてくる。口の中に酒の香りが広がり、わずかな苦みを残して消えた。

甘くて——少し、苦い。

今の自分達の関係に少し似ていると思う。以前と違って、確実に温かな気持ちは互いの間にあると思うのに、どうやら周囲はそうは思ってくれないらしい。

「……お口を開けてください」

今の振る舞いに憤慨しているような表情を作ったティアは、チョコレートを一つ摘んでルシアーノの方へと手を伸ばす。おとなしく口を開いた彼の口内にチョコレートを落としてやると、満足そうに彼の目元が柔らかくなった。

もう一度、彼がキスしようとしてきたので、顔を横に向けて反抗する。並んで座っていたソファから逃げ出そうとすると、腕を掴んで引き戻された。

「ほら、口を開けて」

もう一つ、チョコレートが放り込まれる。本当は、こんな風に食べるものではないだろうに。

二つ食べたところで満足したティアは、ルシアーノにもたれかかるように姿勢を変えた。

(幸せなんだもの、誰がなんと言おうと)

他の人の視線なんて気にしない。ルシアーノとこのままでいられればいい。ただ、それだけだった。

◇◆◇

ここ何日か、ルシアーノの帰りが遅い。ふと不安になったティアは時計を見た。

使用人達も下がらせた。厨房に夕食は残してあるけれど、ひょっとしたら食べないかもしれない。

(……嫌な予感がする)

そう思ってしまっても無理はない。こんな風にルシアーノが遅くなったら、彼が正当な跡取りではないのだと知らされた日のことを思い出してしまうのだ。

あの日のルシアーノは、あまりにも小さく見えた。だから、手を差し伸べずにはいられなかった。

彼が、ティアに弱みを見せるのを潔しとしたとは思えない。きっと不本意だったはずだ。

(でも、……なんだか放っておけないって思ってしまったから……)

最初の彼の印象は最悪だった。ティアのことを財産目当てと決めつけていて――ティアの方も彼の誤解を解く努力をほとんどしなかったが。それでも、少しずつ歩み寄ってこられると悪い気はしなくて、時には彼と一緒にいることを楽しいとさえ感じるようになっていた。

口が回る人ではないから、最初のうちはティアにどう接しようかと向こうも困っていたのだと今ならわかる。あの頃より、今の方がずっと彼を身近に感じられるから好きだ。

これ以上起きて待っていたら、きっと戻ってきた彼を逆に困らせてしまうだろう。そう思ったから、ティアはベッドに横になったけれど、一晩中まんじりともできなかった。

事態が動いたのは翌朝になってからだった。ルシアーノと使っている寝室のベッド。その半分は朝になっても冷たいままだった。

不吉な予感を抑えきれず、ティアは着替えて階下へと向かう。使用人の手によって、朝食の用意も既にされていたが、そこにもやはりルシアーノの姿はなかった。

「……いくらなんでもおかしいわ」

ティアのつぶやきは困惑を如実に表していた。以前の屋敷にいた頃ならともかく、近頃の彼は遅くなるならなるできちんと連絡をくれていた。こんな風に連絡もないまま一晩空けるなんて考えられない。

(……昨日は出勤していたはずだから……でも、軍のお仕事って機密だらけだろうし、そんなところに『ルシアーノ様が帰ってこない』なんてたずねてしまっていいのかしら)

こういう時、どうするのが正しいのだろう。軍のことは話せないだろうと何も聞かずにきたけれど、もう少しルシアーノの仕事の内容にまで気を配っておけばよかったと後悔しても遅い。

「……奥様、お客様がいらしたのですが」

朝食の時間に押しかけてくるなんてよほどのことで、てっきりルシアーノが事故にでも遭ったのではないかとティアは青ざめた。

「フェリクス様、どうしてこちらに？」

手つかずの朝食はそのままに玄関まで出て、ティアは首を傾げた。そこにいたのが、フェリクスだったからだ。徹夜明けなのだろうか、真っ赤な目をした彼はティアに向かって口早にささやいた。

「君の御主人が逮捕された」

「――え？」

ティアの口から出てきたのは、なんとも間の抜けた一言だけだった。いきなりそんなことを言われてもぴんとこない。どうして彼が逮捕されなければならないのだろう。

「どうして、ですか？」

一呼吸置いた後、ティアは改めてゆっくりと口を開いた。ティアの目を見た彼は、気の毒そうに続けた。

「ルシアーノには、軍の物資を横流ししていたという疑いがかけられている」

「……そんな！」

ティアは大声を上げてしまった。軍の物資を横流ししていたなんて――本当だとしたら重罪だ。

（……でも、ルシアーノ様がそんなことをするはずはない……何かの間違いだわ、きっ

と）

少なくとも生活に困っているわけではないし、ルシアーノに罪を犯す理由はないはずだ。すぐに落ち着きを取り戻し——半分演技ではあったけれど——フェリクスに微笑みかける。

「……わざわざ、ご連絡くださってありがとうございます。実は昨日から帰宅していなくて……事故に遭ったのではないかと心配していたところでした」

あっという間に心を立て直したティアに、フェリクスは驚いたような目を向けた。何事にも動じていないふりを装って、ティアはフェリクスの目を正面から見つめ返す。

「疑いがかかって逮捕されたのだとしたら、ルシアーノ様は……しばらくお帰りにはなれないということでしょうか」

「嫌疑は濃厚だ。当分帰れないものと思っていた方がいい」

愛人になることを断ったティアに、フェリクスが嫌がらせをしようとしているのなら今が絶好の機会だ。嫌疑が濃厚、と言われればルシアーノのことを信じていても、ティアの胸に不安が押し寄せてくる。

「私は、ルシアーノ様を信じていますから」

「君なら、そう言うと思った——無駄な信頼だと思うけど。生活できなくなったら、俺に声をかけてくれればいい。あの時の話はまだ有効だし」

どこか意地の悪そうな笑みを残し、フェリクスは言いたいことだけ言うと立ち去った。

一人残されたティアは、呆然と彼を見送ることしかできなかった。

（……なんでこんなことになったのかしら……いいえ、落ち込んでいる場合ではないわ！）

猛然と食堂へと飛び込むと、すっかり冷め切っていた朝食をかたっぱしから胃におさめていく。

（お腹が空いていたら、力を出すことができないもの）

食欲なんてあるはずもない。それでも、ルシアーノのためにこれから動かなければならないのだから、ティアが倒れていては本末転倒だ。

味もわからないまま食事を残さずとり終えると、ティアは勢いよく立ち上がった。

まずは、何が起こっているのかたしかめなければ。地味な灰色のドレスを選んで外出の用意をしている間に、使用人にルシアーノの着替え一式も用意してもらう。それを鞄におさめると、ティアは海軍省へと馬車を走らせた。


海軍省の入口で名乗ったが、ルシアーノには会わせてもらえなかった。せめて着替えだけでも、と鞄を差し出すがそれも突き返された。

「……では、アゼムール伯爵に面会を。今日はこちらにいらしているはずです」

「伯爵は、今日は夕方まで誰にもお会いになりません」

「では、待ちます。お会いいただけるまで」

入口を入ってすぐの場所は、待合所も兼ねている。だから、ここで待っていてもかまわないはずだ。ティアは、その場に立ち尽くしたまま動こうとはしなかった。

「しかたありませんね。いつまでもそこに立っていられては、他の人に迷惑ですし」

根負けした相手は、ティアを一室に通してくれた。ベンチが並んでいるだけの殺風景な部屋だ。ティアの他にも何人かそこに座っている。

ルシアーノ以外にも逮捕された人がいるのだろうか。ティアと同じように、面会の約束も取りつけないままここに押しかけてきた人達なのだと思われる。彼らの顔には一様に不安そうな気配が漂っていた。

ルシアーノを助けるためにはどうすればいいのだろう。膝の上に鞄を抱え、ティアは自分の考えの中に沈み込んだ。

だが、それから一時間も待たないうちにティアの番が回ってきた。アゼムール伯爵の従卒を務めている少年兵がやってきて、二階の部屋へと案内してくれる。

「待たせてすまなかったね、君が来ていると聞いていたらもっと早く時間を作ったのに」

アゼムール伯爵はそう言ったけれど、ティアは気にしてはいなかった。夕方まで待たされる可能性もあるという話だったのだ。こんなに早く予定を空けてもらえたのだから、感謝すべきだ。

「……昨日からルシアーノ様が帰宅しなかったので心配していたのですが……今朝、フェリクス様が逮捕されたと知らせにきてくださって」

ティアの視線が途方に暮れたように揺れた。

会議をするためなのだろうか、広いテーブルとたくさんの椅子。そして、壁には大きな地図が張ってあり、地球儀、望遠鏡が棚の上に置かれている。それらの上を視線は通り過ぎていったけれど、彼女の目には何も映っていなかった。

「……大丈夫、彼のことは心配しなくていい」

伯爵は親友の夫だが、ティア達よりだいぶ年上で父親といってもおかしくないくらいの年齢だ。だからなのだろう、ティアに対する彼の態度は父親の娘に対するもののようだった。

「彼が優秀なのは誰もが知っている。それに、物資の横流しなんてするはずがないこともね」

「それなら、いいのですが……。無実の罪で帰ってこられなくなった人もいるという話ではないですか」

身内が逮捕されるようなことなんてなかったから、一度そうなると全てが終わってしまうような気がして、つい言いつのってしまう。そんなティアの不安を彼は笑い飛ばした。

「そうならないように私も全力を尽くしているのだが——たしかに無実の罪で服役させられた者がいないとは言わない。だけど、君は私のことをもう少し信頼してくれてもいいと思うよ。彼の疑いを全力で晴らすと約束する」

自分の言葉があまりにも失礼だったことに気づいて、ティアは顔を赤くした。

「伯爵様……申し訳ありません。それと……ありがとう……ございます」

ティアは伯爵に向かって勢いよく一礼した。ティアにとっては、彼だけが唯一頼りにできる人なのだ。ここは伯爵にすがるしかない。

「……着替えを持って来たのですが、会うことはできますか？」

「かまわないよ。定期的に面会できるように手配してあげよう」

何から何まで気を配ってくれる人だ。ティアはありがたく伯爵の厚意を受け入れることにした。

念のためにと、ルシアーノのところへ行く前に鞄の中身を確認される。ルシアーノの着替えくらいしか入っていなかったので、全てをテーブルの上に並べ、心ゆくまで検査してもらった。

逮捕されたというからには、てっきりじめじめとした牢屋に閉じ込められていると思ったのに、案内されたのは、想像よりもはるかに清潔な空間だった。扉の代わりに鉄格子で仕切られ、常に見張りが立っている部屋は、窓にも格子がはめ込まれていて脱走などできないような工夫がされている。家具といえば狭いベッドに椅子と机しかないが、少なくとも湿気で病気になるようなことはなさそうだった。

見張りをしていた兵が入口を開けてくれ、ティアは室内に入った。

「ティア……」

ルシアーノはティアの名を呼んだきり、それ以上は言葉が出てこないようだ。ティアは机の上に運んできた鞄を置いた。

「ルシアーノ様、どうしてこんなことに……」

ティアの問いに、彼は首を横に振った。彼にも心当たりはないようだ。

「余計なこととかとは思ったのですが……着替えを持って来ました。他に必要なものはありますか？」

「助かった、昨日から同じ服を着ているから、そろそろ臭くなってくるんじゃないかと心配だったんだ」

空元気なのかもしれないが、ルシアーノは笑い交じりに言った。笑う余裕があるのなら、ティアも少しだけ安心することができる。

「誰が知らせを？」

「フェリクス様です……疑いが濃厚だから、帰れないかもしれないって」

「そうだね——俺もまさかこんなことになるとは思ってもいなかった」

ルシアーノは手を伸ばして、ティアを抱きしめる。彼の腕の中に包み込まれるとほっとして、ここがルシアーノの捕らえられている空間であることも忘れてしまいそうだった。

「定期的に会えるように、アゼムール伯爵が取りはからってくださいました。必要なものがあれば、次に来る時にお持ちしますけれど……？」

「そうだな、では書斎にある本を持って来てもらおうか。ここでは時間をつぶすものがなくて困ってしまう」

「わかりました」

ルシアーノは何冊かの題名を口にし、ティアはそれを書き留めた。書斎のどこにあるのかはわからないけれど、さほど冊数も多くないし、苦労せず見つけ出せるはずだ。

「こんなことになって、すまない。きちんと疑いを晴らして帰るから」

「はい、お待ちしています」

どちらからともなく、顔を寄せ合い、キスをする。彼が無実であることを確信していたし、上官が協力してくれるのならそれほど苦労せずに解放されるものと思い込んでいた。

◇◆◇

だが、ティアの考えはあまりにも甘かった。ルシアーノが捕らわれてひと月が経過した今も、彼は帰ってこないまま。季節は完全に冬へと移り変わっている。

その日、いつものように着替えを持ってルシアーノの面会に訪れたティアは、アゼムール伯爵と向かい合った。

「心配しなくてもいい。ただ、裏付け調査に少し時間がかかっているだけだ」

「でももうひと月です。私……心配で心配で」

このひと月の間にめっきりと肉が落ちて薄くなった肩にかけたショールをティアは引き寄せた。

「……こういう調査には、時間がかかるものだよ。私達を信じて任せてはもらえないかな」

ティアにそう語りかける伯爵の声音は優しい。ティアは身の置きどころがなくなったように感じて、ショールをますますきつく巻きつけた。暖炉にはきちんと炎が燃やされているのに、この部屋の中はずいぶん冷え切っている気がする。きっと、ティアの恐れがそう感じさせているのだろう。

不意にノックの音がして、ティアは扉の方へと顔を向けた。すると、茶色の塊が部屋を横切ったかと思うと、ティアの横を擦り抜けて、机にかけているアゼムール伯爵へと突撃する。それは、毛皮のコートに身を包んだモニカだった。

「……連絡をくださってよかったわ」

勢いよく伯爵の頬に口づけたモニカは、その勢いのままティアの方へと振り返った。

「リカルド様から話は聞いているの。あなたったら、何も言わないんだもの」

「だって……もう、伯爵様にご迷惑をおかけしているのに……ルシアーノ様の疑いが晴れなかったら、あなたにまで迷惑をかけてしまうかもしれないでしょう？」

ルシアーノの身の証しが立てられなかったら、彼は犯罪人として処罰される。軍の物資を横流ししたとなれば、その罪は非常に重く、残り少ない全財産を没収された上で国外に追放されることになるだろう。処刑される可能性も否定できない。

だから、モニカに連絡することはできなかった。彼女には彼女の交友関係があるし、ティアの存在は迷惑にしかならないと思ったから。

「それが余計な気づかいだっていうの。本当は私の方からあなたの家に押しかけようと思っていたけれど――さあ、今日からうちに泊まってもらうわよ？　顔色悪いもの」

一気にまくし立てたモニカは、夫に向かって警告するように指を振った。

「リカルド様。後はよろしくお願いしますね？」

「わかっているよ。モニカ」

その声に、ティアは思わず目を瞬いた。この人は、なんて愛しそうにモニカの名を呼ぶのだろう。二人が一緒にいられる、そんな当たり前のことができるモニカと伯爵が羨ましくなってしまって、ティアの目元がじわりとした。

(いえ、こんなところで泣いてはだめ。これ以上心配させるわけにはいかないんだから)

伯爵に別れを告げ、馬車の方へとティアを引っ張っていきながらモニカが口早に続ける。

「オレンジのケーキ、家の料理人にも焼かせてみたけど、例の店と同じ味にならないの。

結局、あの店から取り寄せることにしたわ。あと、今夜はあなたの好きなものをなんでも作らせるから、きちんと食事はしなければだめよ」

「食べている……つもりだったのだけれど」

ティアは苦笑交じりに自分の身体を見下ろした。伯爵は時間がかかるものだと言うけれど、ひと月はあまりにも長く、倍以上の時間が流れたように感じてしまった。

無実の罪で裁かれた人が何人もいるという話も聞いている。だが、ルシアーノの疑いを晴らすためにティアにできることなんてなかったから、一人懊悩《おうのう》するしかなかったのだ。

「とにかくあなたにとって必要なのは、休むことよ。リカルド様を少しは信頼してくれてもいいんじゃない？」

「……ごめんなさい、モニカ」

「怒っているわけではないの。心配になるのもわかるわ……私だって、リカルド様が逮捕されたらきっと気が気じゃないもの。でも、今のあなたはずいぶん顔色がよくないから、侯爵様だって心配してしまうわ」

友人の心づかいが身にしみる。もっと早く助けを求めればよかったのかもしれない。ルシアーノの罪が晴れないことばかり考えてしまって、このところ何も手につかなかった。

（こんなことではいけないわ……ルシアーノ様に心配させるわけにはいかないもの）

軍の取り調べは苛酷だと聞く。つらいのは、外にいるティアではなく、捕らえられ、厳しい尋問に何時間も耐えているルシアーノの方だ。

（……そう、落ち着かなくては。私にできることってルシアーノ様を信じて待つだけだもの）

今度会う時には、もう少し元気そうに見せないと。陰気な顔をしている妻に彼がうんざりしては大変だ。

ティアがモニカと一緒に伯爵邸へと向かっていた頃。隣の部屋から入ってきたルシアーノは、先ほどまでティアが腰かけていた椅子に腰を下ろした。

「奥方はずいぶん参っているようだな」

「……あまりよくない噂ばかり、彼女の耳に入っているのでしょうね」

今まで当事者となったことはなかったが、こういった時、どんな風に噂話が駆け巡るのか、ルシアーノはよくわかっていた。

シドニア侯爵邸を出て以来、社交の場に誘われることもめっきり少なくなった。侯爵ではない彼に用はないということなのだろうが、それだけにティアの耳に入る噂話が歪んでいる可能性は否定できない。

「それで、お願いしていた調査の方はいかがですか？」

「ああ、たしかに君の伯父上は現地でお付き合いしていた女性がいたらしいね。フェリクスの持って来た書類のおかげで、ようやく相手の名前がわかったよ」

フェリクスが、自分こそシドニア侯爵家の正統な爵位の継承者であるとして差し出したのは、ロルカ大陸に渡ったルシアーノの伯父が恋人に向けて出した手紙と、紋章の刻まれた指輪だった。

どうやら彼女の妊娠がわかった時点ではまだ結婚していなかったようだ。病気にかかり、命を失おうとする間際になって彼は、自分の恋人に初めて身分を明かすことにしたらしい。手紙には生まれてくる子供はたしかに自分の子であること、それに指輪を託すと記されていた。結婚するための書類が間に合わない可能性があるために、この手紙を記したとも書かれていて、彼が残していく恋人とまだ見ぬ子を大切に思っていたことが伝わってくる。

「最後に彼女が住んでいた場所まではたどれたようだ。だが、問題が一つあって——彼女はだいぶ前に亡くなっていたらしい」

「そうですか」

伯爵は深刻な表情になり、ルシアーノの口からも落胆の声が漏れた。

フェリクスはたしかにロルカ大陸からこちらに来た人間だ。育ててくれた両親の実の子ではないらしいという噂は以前からあったのだが、まさかシドニア侯爵家の跡取りであるという証拠を持ち出してくるとは思わなかった。

彼自身、だいぶ後までそのことを知らなかったらしい。母親が亡くなり、遺品の整理をして初めてその事実を知ったのだという話だった。母親は身分が低かったという話だから、フェリクスを取り上げられることを恐れて、フェリクス本人にもシドニア侯爵家の跡取りであるということにを伝えずにいたのではないだろうか。

大陸から戻ってきた時には既に母と子の二人だったという話だから、父親については何一つ情報がないのが実情だ。

「……もっと確固たる証拠があればよかったのですがね」

生まれてきた子が息子なら『フェリクス』と名付ける、というような記載があればまた話は違ったのだろうが、フェリクスの提出した証拠にはそのような事実はなかった。

「それはそれとして、問題は物資の横流しの方ですよ。俺の提出した証拠でどうにかなりそうですか？」

「ひと月の間に、裏付けは取れそうだ。後は証人を確保できれば、なんとかなる」

「それならばいいのですが」

上司がすすめてくれた椅子に背中を預け、ルシアーノは頭に手をやった。短めに整えている頭髪をぐしゃぐしゃと掻き回す。

（……ティアに全てを打ち明けることができればよいのだが）

実を言うと、ルシアーノは尋問のためにこの場に呼び出されたわけではなかった。

ティアに言われて初めて思い当たったのだが、たしかに彼の家系は耳に特徴がある。フエリクスはその特徴を受け継いではいないものの、必ず出るとまではいえない。だが、ルシアーノが疑いを持つのは当然で、正当な後継者以外に家督を渡すつもりはなかった。

伯父も軍に属していて、軍の任務でロルカ王国に赴いた際、祖国を離れることを決めたらしい。そこで、軍の書類を改めて調査しているうちに、ルシアーノは偶然にも軍の物資の横流しを発見した。そちらの調査に乗り出し、証拠を押さえて上官に提出したのが、ちょうど今の家に引っ越した頃のこと。

ルシアーノに不利な証拠が出ているのも事実であったから、世間には軍の牢に捕らわれていると思わせている。伯爵の部屋に毎日呼び出されて受ける、『尋問』の実態は、ルシアーノが集めた証拠の追跡調査だ。

「なるべく早いうちに決着をつけよう。このままでは、君の奥方のためにもよくないからね」

「……はい。ありがとうございます」

ここ数日の間に、彼女はずいぶん痩せてしまっていた。それまでの拘留期間はずっと気を張っていたのだろう。

顔色もあまりよくなく、しっかり眠れていないであろうことも想像できた。上官が、親友である自分の妻を呼ぶと言ってくれたから少しは安心しているのだが。

（早く安心させてやりたい――）

「とにかく、時間がありません。さっそく続きに取りかかります」

裁判の始まる日までに全てを整えておかなくては。そうしたら、彼女の待つあの家に帰ることができる。

（あともう少し――もう少し、だから待っていてほしい）

全ての嫌疑を晴らして家に戻る。その時には、ティアはどれほど喜んでくれるだろうか。

第八章　新たなる門出を共に

モニカの屋敷に滞在し始めて十日。

ルシアーノはすぐに帰ってくる。そう信じていたのに、ティアの希望は粉々に打ち砕かれていた。

「あの、ルシアーノ様は……どうなるのでしょう？」

裁判が開かれることになったと告げに来た使いの者にティアはたずねる。モニカがずっと側にいてくれるから、一人でいるよりはまだ気楽だったが、完全に安心することはできなかった。

「全ては裁判の結果次第です」

「……そんな！」

そう聞かされて、目の前が真っ暗になった。裁判が開かれるということは、事前の調査でほぼ有罪が確定したということなのだろう。そうでなければ、こんな風に人前で断罪するようなことにはならないはず。

（ルシアーノ様は……無実なのに……）

むろんティアはそう信じている。だが、もっと動き回ればよかったのではないか。他にもっとできることがあったのではないか。自分は友人の屋敷で安穏に暮らしていただけで、何一つ彼の役には立てていない。

自分を責め、狼狽えるティアだったが、意志の力を振り絞って自制心を取り戻した。伯爵が帰宅するのを待って、彼の書斎まで話を聞きにいく。

持ち帰りの仕事があるのか、入室の許可を与えた伯爵は机に向かって忙しそうにペンを走らせていた。ティアの話を聞いた伯爵は、その心配を笑い飛ばした。

「大丈夫、無罪であると証明できるから」

「どういうことですか？」

「彼の無実は、我々が証明できるんだ、間違いなくね。だから、君は心配しなくていい」

そうとまで言われてしまえば、それ以上しつこく口を挟むことはできなかった。ティアは実際の調査には何一つ関わっていない。ティアにできるのは、伯爵の言葉を信じることだけだ。

「何から何までお世話になってしまって、申し訳ありません……」

「部下の無実を証明するのは私の仕事でもあるのだから、君が申し訳なく思う必要はないのだよ。まだ言えないのだが、手は打ってあるから安心してほしい」

ティアを落ち着かせようというのか、伯爵の声音は優しい。それ以上は言えなくなって、一礼したティアは、静かに書斎を立ち去ったのだった。


いよいよ裁判が開かれようという当日の朝、裁判所に向かおうとするティアを呼び止めたのはアゼムール伯爵だった。

「君に頼みたいことがあるんだ。港の『真珠の首飾り』という宿屋に女性が滞在しているはずだ。彼女を裁判所まで連れてきてほしい」

「……わかりました」

(なぜ、その女性を迎えに行かなければならないのかしら……)

その疑問はティアの頭を悩ませたけれど、深く追及しなかった。わざわざティアに頼むということは、きっと今日の裁判に必要なのだろうと推測する。

伯爵邸の馬車を借りて、指定された宿屋に行くと、その女性は一階に下りて待ちかまえていた。海を挟んだ国の流行は、こちらとは少し違っているようだ。ティアが着ているデイドレスとは違い、スカートと上着が別々の仕立てだった。上着からのぞく白いブラウスにはレースの襟があしらわれ、襟元にはカメオがつけられている。

「あなたが、シドニア侯爵夫人？」

「いえ、称号は夫のものではないそうなので……どうぞ、ティアと呼んでください」

「私はドローレスよ」

ドローレスと名乗ったのは、人柄のよさそうな女性だった。顔立ちが整った美女というのとは少し違うが、にこにこと笑みを向けてくるあたりは実に感じがよくて、見ているこちらまでなんだかほっとするようだ。

濃い茶色の髪をきちんと結った彼女は、ティアより少々年上のように思われた。挨拶だけをすませると、ティアには何一つ聞かずに迎えの馬車に乗り込む。

彼女の膝の上には、小さな鞄が一つ載せられていた。無言のままでいるのはあまりよくないのではないだろうか。話題を探そうにも、こういう日に天気のことを持ち出すのは違うような気がするし、そのカメオ素敵ですね、というのはもっと場違いな気がしてならない。

結局馬車が走り始めても、どちらも口を開こうとはしなかった。先にいたたまれなくなったのは、ティアの方だった。

「あの、ドローレスさん……裁判所までご一緒するということは、裁判に関係のある方なのですか？」

「証人として呼ばれているの」

「そうなんですか……」

思いきって問うと、彼女はティアに向かってにっこりとしてみせる。だが、詳しいことは語ろうとしなかった。

（……この方が、切り札となればよいのだけれど……）

ティアもそれ以上口を挟むことはできず、居心地の悪さを感じながら、同じ空間に身を置くことしかできなかった。

百年前に建てられた石造りの建物をそのまま使っている裁判所は、海軍省から少し離れた場所にある。何度も前を通過したことはあるのだが、中に入る機会などなかった。初めて足を踏み入れた今、不安が押し寄せてくる。

「それでは、私はここで失礼しますね」

証人であるドローレスは出迎えた係員によって奥の部屋へと招き入れられた。ティアは傍聴人の席へと向かう。

（ドローレスさん……どうか、あの方の証言が有効でありますように……！）

ティアは胸の前で手を組み合わせ、祈るような気持ちで裁判の開始を待った。「これより裁判を始める」という宣告と共に始まった裁判は、ルシアーノにとって不利に思われた。

海軍の調査官に連れられて現われたルシアーノは、きちんとした衣服に身を包み、少なくともティアの目には落ち着いているように見えた。特にやつれた様子もなく、監禁されていた生活も、彼の心身に大きな影響を与えたというわけではないようだった。

被告人席に立ったルシアーノは、ちらりとティアの方へ視線を向けた。ぎゅっと手を握りしめて見つめ返すと、大丈夫と言わんばかりに口の端を上げてみせる。

裁判官が静粛にするようにと告げた。ティアの正面には三人の裁判官。そして、被告人席にいるルシアーノの隣には弁護士、ルシアーノと弁護士の向かい側には軍の調査官がいる。

軍の調査官は、正当な後継者候補が現れたことにより、シドニア侯爵家の財産が凍結されたことをまず槍玉にあげた。そして、今までの生活水準を保とうとしたために軍の物資を横流ししていたと糾弾したのである。

(今の生活を見れば、そんなことは言えないでしょうに)

そう口にすることが許されるなら、ティアも証人台に立ったことだろう。今の生活は、分相応で、後ろ指をさされなければならないようなことは何一つない。

「では、被告人はなぜ、物資の保管庫をうろついていたのですか?」

裁判官に問われ、被告人席に立ったルシアーノは口を開く。

「その件については、今はお答えできません」

「では、いつなら答えられると？」

「時期が来て、上官の許可を得てからであればお答えできます」

（……どうして、今答えないのかしら）

ルシアーノが保管庫をうろうろする必要なんて、あるはずがない。きっと何か目的があってのことなのだろうけれど、それを今明かす気はないようだ。彼の供述に、法廷内がざわつく。

「では、こちらの手紙についてはどう説明しますか？」

次に調査官が取り出したのは、ルシアーノの仕事部屋に残されていた書きかけの手紙――彼が逮捕された当日書き始められていたものだった――そして、取引相手から、次に流してほしい物資について記した手紙。

（どうして、ルシアーノ様の仕事部屋にそんなものがあったのかしら――）

ルシアーノが、もし本当に物資を横流ししていたのだとしたら、そんな証拠をわかりやすい場所に置いておくはずがない。きっと誰かがルシアーノを陥れるために彼の部屋に置いたのだろうが、彼の無実を証明するにはそれだけでは足りない。

どうすれば、証明することができるというのだろう。

「……では、次の証人を」

その言葉に、ティアは扉の方へ吸い寄せられるように視線を向けた。

入ってきたドローレスは、法廷内にいる多数の人を目にしても緊張した様子を見せなかった。先ほど顔を合わせた時、ティアが感じがいいと思った笑みを浮かべている。そして、そんな彼女の様子に裁判官もまた好印象を抱いたようだった。

「お名前をうかがってもよろしいか？」

「ドローレス・バルレートと申します、閣下」

彼女の名乗った名に、法定内に一瞬ざわっとした空気が広がった。ティアも、その名に胸騒ぎを覚えた一人だった。

なぜなら、それはティア自身が今名乗っている姓でもあったから。

証人として事実のみを口にすることを宣言したドローレスに向かって、裁判官はたずねた。

ドローレスは自分がロルカ王国、つまり少し前まで戦争相手であった国の出身であること、そして、住んでいる島が占領され、エルランド王国の海軍の船が係留する場所になったことを告げた。

「あなたは、知人が軍の物資を不当に受け取り闇市場で流していると、海軍の調査官に告げたそうですが、どういうことでしょうか」

「はい」

裁判官の問いに一つ頷いたドローレスが、はっきりとした声で続ける。彼女は、何人かの名をあげ、彼らがエルランド海軍の軍人と癒着していたことを証言した。

「あなたは、なぜそれを知っているのですか？」

裁判官の言葉は、この場に居合わせた者全員の疑問だろう。上質の衣類に身を包み、髪もきちんと整えた彼女の姿は、そんな薄暗い事件には関わり合いなどないように映る。

「私が、エルランド軍の関係者――物資を横流ししていた男と知り合いだったからです」

知り合い、とはどのような関係なのかまでは、裁判官は問わなかった。ただ、ドローレスの雰囲気からはとても親密な関係であったのだろうとティアは想像した。

「島にはろくな産業がありません、島の男は大半が漁師ですが、最近海に出なくなった者達がいます。何人かは島を離れ、この国に来ているはず――」

固唾《かたず》を呑んで状況を見守っているティアの脇を、誰かが急ぎ足に通り過ぎていく気配に気づき、彼女はその人の後ろ姿を追った。軍服の背中が居並ぶ三人の裁判官へと近寄っていく。彼が裁判長に何か耳打ちするのが見えた。

「――静粛に」

裁判長が木槌を鳴らし、法廷内はしんと静まりかえった。

「ドローレス・バルレート嬢の協力により、捕らえられた者がいる――彼らは、自分達が取り引きしていた相手の名として、別の男の名をあげた」

「嘘だ！」

裁判長の言葉に傍聴人席から立ち上がったのは、フェリクスだった。ドローレスは、彼の方へと鋭い眼差しを向ける。

「嘘ではありません。証拠は、アゼムール伯爵が押さえておいでですよ。私は、捕らえられた密売人達の顔を確認するために呼ばれたのです。それより――」

彼から目を離さないまま、彼女はフェリクスに指を突きつけた。

「私の家から持ち出した父の形見を返してください」

うっとうなったフェリクスが、気まずそうに口を閉じた。

「ドローレス嬢、あなたの家から持ち出された形見というのは？」

「父が母にあてた手紙と、父の家の紋章が彫り込まれた指輪です」

彼女の言葉に、再びざわっとした空気が広がる。ルシアーノの無実は証明されたというのに、裁判の途中で話題は他のことへと変化しようとしている。

だが、彼女の言葉が意味する真実を悟ることができたのは、ほんの一握りの者だけ。

「本当は、裁判の開かれる前に彼女に来ていただき、彼の無実を証明する予定だったのですが――時化《しけ》で船が遅れ、昨日の深夜ようやく入港することができたのです」

急ぎ足に入ってきたアゼムール伯爵が、ドローレスの隣に立つ。

「新たな事実も出てきたことですし、このまま裁判を進めるわけにはいかないでしょう。一度休廷することを提案します」

その言葉に、傍聴席はいっそうざわざわとし始めた。裁判長が休廷を告げ、席を立った裁判官と弁護士が慌ただしく前方の扉から消えていく。まさかこんなことになるとは思ってもいなかったのだろう。

舌打ちをしたフェリクスは、騒ぎに紛れて法廷の後ろにある扉から抜け出そうとした。

「――待て」

被告人席から飛び出したルシアーノが、フェリクスの腕を掴む。反射的にそれを振り払ったフェリクスは、握りしめた拳でルシアーノの顔めがけて殴りかかった。

だが、素早くそれをよけたルシアーノは、フェリクスの足を払おうとする。突然法廷内で始まった乱闘に、女性達は悲鳴を上げ、男性達はどちらに加勢すべきかと迷うそぶりを見せる。

「フェリクスを捕らえろ！」

ドローレスの隣にいたアゼムール伯爵が鋭い声を発する。それで皆、どちらに味方すべきかをようやく悟ったようだった。室内にいた軍人達が一斉にフェリクスへと飛びかかり、ルシアーノに協力してフェリクスを取り押さえようとする。これだけの大人数が相手では、フェリクスに対抗する術はない。

うめき声と共に、彼は床へと押さえつけられた。抵抗をやめたフェリクスの腕をアゼムール伯爵が引き上げ、軍の関係者達に引き渡す。

「君には、いろいろと聞かなければならないことがある」

「……はい」

青ざめたフェリクスは、それ以上申し開きしようとはしなかった。

◇◆◇

新しい証人、証拠が見つかったとはいえ、ルシアーノがすぐに帰ってこられるというわけではなかった。ティアはじりじりとしながら毎日面会に行ったけれど、何を聞いても彼は「全て上手く行っているから」と言うだけだった。

上手く行っていると彼が言うのなら、ティアは信じて待つしかない。彼の無実が証明されるであろうことはあの日の出来事で理解できたし、何も知らなかった以前よりははるかに安心だ。

海の向こうからやってきた救世主はといえば、軍の厳重な警戒のもと、例の宿屋に滞在しているらしい。

そして、裁判の日から十日。ティアは改めて裁判所へと向かった。あの日と同じように法廷内にはたくさんの人が集まっている。端の席に腰を下ろしたティアは、祈るような気持ちで裁判の経緯を見守った。

軍の調査官から、ルシアーノを告発するに至った経緯が説明された。さらに、新たな証人が出てきたこと、その証言によりルシアーノは関係ないと証明されたことが告げられた。

その後、弁護人と裁判官と軍の調査官との間で質疑応答が交わされ、最後に裁判長が槌を鳴らす。

「……彼を無罪とする」

裁判長の言葉が、まるで天使の声のように聞こえた。

「ルシアーノ様！」

ティアは思いきり飛び出すと、周囲の目もかまわずに彼のところに駆け寄った。

（無事、釈放された――）

ティアにはそれだけで十分だった。彼の腕に飛び込めば、懐かしい腕が身体に回されてぎゅっと抱きしめてくれる。ティアは感激で何も言えなかったけれど、ルシアーノはあたりをきょろきょろと見回していた。

「何を捜しているのですか？」

「海の向こうから来た、従姉妹をね」

そう言ったルシアーノが、片方の腕でティアを抱きしめたまま、もう片方の手を大きく振る。その仕草に招かれて二人のところにやってきたのは、あの日ティアが迎えに行ったドローレスだった。

「紹介しよう、俺の従姉妹だ」

「初めまして、ではないわね？　この間、馬車で迎えにきてくださったもの」

今の状況を理解することができなくて、混乱してしまう。目を白黒させていると、笑ったルシアーノは右腕でティアを抱えたまま、ドローレスには後に続くようにと合図してごった返している部屋を出た。

「詳しいことは帰ってから話そう。ここは、人の目が多すぎる」

ルシアーノに声をかけようとしている人もいたが、ルシアーノは巧みに彼らをかわして裁判所の外へと出た。

「伯爵様には何も言わなくていいのですか？」

「かまわない」

ティアの言葉にはきっぱりと返す。そして、手回しよく用意されていた馬車にまずドローレスを乗せ、それからティアに手を貸して、最後に自分が乗り込んだ。

今日はルシアーノが帰ってくるだろうと思っていたから、部屋の掃除は念入りにするようメイドには言いつけておいた。そのおかげで、戻った時には家中ぴかぴかに磨き上げられていた。

とりあえず客間にドローレスを通し、焼き菓子と紅茶を運ぶ。全ての用意を終えたティアが部屋に入った時には、ルシアーノとドローレスは向かい合って座っていた。

「ティア、ここに」

言われるまま、ルシアーノの隣に腰を下ろす。ティアが落ち着くのを待って、ドローレスは語り始めた。

「私は、ロルカ王国にいる間、フェリクスとお付き合いしていたの。父がエルランド王国の貴族出身だというのは聞いていたけれど、私には関係のない話だし、そのことを吹聴したりもしなかった」

フェリクスがドローレスと交際を始めたのは本当にささいなきっかけだった。エルランド王国の軍船が駐留している間、同じような付き合いをしていた人は多数いたらしい。

「……もう、親も兄弟もいないし、フェリクスが望んでくれるのなら、こちらの国に移り住んでもかまわないと思っていたけれど……彼は、そうではなかったのね」

ちょっと苦い笑みを口元に張りつけて、ドローレスは紅茶のカップを手に取った。その目が、どこか遠くを眺めているように細められる。

「国に帰った彼が、急にたずねてきた時には驚いたけれど……彼の目当ては、父の残した手紙と指輪だった。ずっとしまい込んだきりだったから、なくなっていることさえ気がつかなかった」

さらに言葉を続けたドローレスの話によれば、妊娠していることに彼女の母親が気づいたのは、産み月間近になってのこと。

妊娠を聞いた父親は非常に喜び、正式の結婚を申し込んでくれた。順番が逆になった点については、詳細は追及しない方がよさそうだ。

だが、問題が一つあった。書類の用意をしている間に、父親は病気になったのだそうだ。彼は残されていく恋人と子供のことを思い、あの手紙を残した。指輪も。

生死の境をさ迷ったものの、その後父親の病は完全によくなった。回復した頃には書類も無事に手元に揃っておりドローレスが生まれる直前には正式に結婚したので、あの手紙は必要なくなったらしい。その後、指輪はずっと母の手元にあったそうで、ドローレスにとっては両親の形見ということになる。

「指輪だけではなくて手紙も残しておいたのは、母の感傷からだと思うわ。父が自分を大切に思ってくれたという――」

手紙と指輪を取っておいたドローレスの母親の気持ちが、ティアにはわかるような気がした。ティアも、ルシアーノから――いや、侯爵家からの求婚の手紙を、そのまま婚家まで大切に持って行ったから。

「フェリクス様は、いつ、どうやってその手紙と指輪を手に入れたのでしょう？」

その問いには、ドローレスは首を横に振る。

「戦争が終わって一旦帰国した彼がもう一度来た時、私の家に泊まっていたから、機会はいくらでもあったと思うわ。その引き出しにはそれしか入れていなかったから、滅多に開けることもなかったし……いつ盗まれたのかまではわからない」

きっと、その手紙と指輪の存在に気がついたのは戦時中のことだろう、とドローレスは続ける。だが、当時は利用するつもりはなかっただろう――そのつもりであれば、戦争が終わった帰国時に持ち去ったはずだからだ。

(もしかしたら、私とルシアーノ様の結婚が理由だったのかしら……)

話を聞いて、ティアはそう思った。

帰国してティアとルシアーノの結婚を知った時初めて、ドローレスの持っていた形見を利用する気になったのかもしれない。今となっては、フェリクスにそれを確認することはできないが。

一度国に戻ったフェリクスが戻ってきたのだから――と、喜んだが、その期待はあっけなく裏切られた。けれど、フェリクスを恨む様子も見せずにドローレスは笑う。

「まったく、油断も隙もあったものではないわ!」

それから、彼女は真剣な顔になってルシアーノに頭を下げた。

「本当にご迷惑をおかけしてしまって。まさか、こんなことになるとは思っていなかったから――父の思い出、なんて言わずにさっさと処分すべきだったのかもしれないわ」

「そういう風には言わないでほしい。伯父はあなたとあなたのお母様をとても大切に思っていたのだから――思い出の品を悪用しようとするやつの方が何倍も悪い」

きっとフェリクスは重い刑罰を科されるだろう。

軍の物資を私的に流用し、その罪をルシアーノに押しつけようとした。さらには、シドニア侯爵家の血筋であると偽りの申し立てをしたのだから。

(……どこであの方はあんなにねじ曲がってしまったのかしら)

考えてみるけれど、わからない。ティアは頭を振って思考を巡らせるのをやめた。

彼の境遇には同情すべきところもあるのかもしれないが、ティアが彼に同情するのはきっと間違っている。

「ドローレス様、今後はどうなさるおつもりですか?」

「そんな呼び方しないで。父は侯爵家の長男だったかもしれないけれど――その地位を捨てたのだから。待っている人もいないし、しばらくはこの国に滞在しようかと思っているの。観光する場所はたくさんあるのでしょう?」

「それはいい考えですね――そうだわ、ルシアーノ様。客用寝室もあるし、こちらの国にいらっしゃる間は我が家に泊まっていただいたらどうでしょうか」

「……それはいい考えだ。ぜひそうしてもらおう」

「……でも」

迷うドローレスに手を貸して、ティアは立ち上がらせる。

「どうぞそうなさってください。ルシアーノ様にとっても、私にとっても恩人ですもの。

それに……ルシアーノ様の従姉妹なら、私にとっても大切な親戚ということになるでしょう？」

ドローレスの存在がなかったら、ルシアーノの無実の罪を晴らすことはできなかっただろう。それに、彼女と直接話をしたのはごくわずかな時間だけれど、ティアは完全に彼女に好意を抱いていた。

「そうだな、あなたが来てくれなかったら、俺はまだあそこにいたと思う。いつまでもそのままでいるつもりもなかったが」

ルシアーノが言うには、あの部屋の中で彼はずっと書類と格闘していたらしい。

だから、ドローレスの証言がなかったとしても、いずれ真犯人はフェリクスだと突き止めていただろう。だが、同時進行で進めていたシドニア侯爵家の家族問題からドローレスにたどり着き、さらにはここまで来てくれた彼女のおかげで、その期間が大幅に短縮されたのもまた間違いのないところだった。

「そろそろティアが限界のようだったから。本当にあなたが来てくれて助かった。それに、女性一人、いつまでもあの宿屋に滞在させておくわけにもいかない。あそこは風紀の乱れにはやかましい方だが、それにしたってたまにはろくでもないやつが宿泊することがあるのも否定できない」

「ルシアーノ様は心配性なんですよ」

くすりと笑って、ティアはつけ足した。しばらく迷った末に、ドローレスは荷物を取りに戻ると言い置いて、屋敷を出て行った。

ドローレスが出かけていくと、ルシアーノはティアを引き寄せた。その動きだけで、彼が何を考えているのかがわかってしまう。

「……まだ、昼間ですよ」

「かまわない」

「ドローレスさんがすぐに戻ってきますけど？」

「往復の時間と、荷物をまとめる時間を計算すれば、一時間半はある」

悪戯めいた光を瞳に浮かべて、ルシアーノはティアをソファに押しつけた。

「だめですっ——こ、こんなところでだめですってば！」

「我慢できないと言ったら？」

「で、でも……！　……もうっ！」

いくらなんでも、客間のソファでなんてありえない。この場所でだけは絶対にだめだと暴れて、彼を押しのけようとした。

「では、この場所でなければいいんだな？」

返事をする前に、荷物のように肩に担がれて、そのまま二階の寝室へと連れ込まれた。

半ば放り投げられるようにベッドに転がされたかと思ったら、ルシアーノはティアの靴を脱がせて床へと放り出した。

「ま、待って――あっ！」

逃げようと身を捩ったのが悪かったらしい。そのまま背後から抱きしめられてしまった。回された手の中に両方の胸がおさめられる。こんな風に彼に求められるのは久しぶりで、それだけにティアの身体も敏感に反応してしまった。

「ん、ルシアーノ様……だめ……」

言葉では拒んでいても、身体の方は彼を拒みきれてはいない。それがわかっているだけに、ルシアーノは憎いくらいに余裕を見せつけた。

背後から両手で包み込んだ胸を揺らされ、ティアは小さく喘いだ。手の中でぐにぐにと揉みしだかれれば、快感のさざ波が胸の先端へと集中していく。

「……ほら、もう感じてる」

濡れた声に耳元でささやかれ、ぴくんと反応してしまった。指先が胸の頂を掠め、そこが触れられることを期待していると知らされてしまう。

「あっ……だめっ……ふっ、あ、あぁ……だめって……！」

だめだだめだと口では言いながら、手の動きに呼応してティアは身体を揺らした。胸の頂がちりちりとしている。身体からは力が抜けてとろんとなってしまっていて、もう後は彼に全てゆだねてしまっていいような気になっていた。

「ティア、ここは？」

「あっ、あんっ」

弱い場所を摘まれて、声を上げる。首を振って逃げ出そうとするのも無駄な努力で、気がついた時には、着ていたはずの外出着はどこかに行ってしまっていた。

「ルシアーノ様、まだ、準備が」

頭からシュミーズを引き抜かれた。ルシアーノを誘っているかのように胸の頂が淫らな色に染まっているのを見られてしまう。

「なんの準備をする必要があるんだ？　ここは、問題なさそうだが」

「あぁっ」

迷うことなく、ルシアーノが乳房の先端を口に含む。温かくて濡れた舌に捏ね回され、押し寄せる愉悦にティアは艶めかしく身体をくねらせた。

「やっ、違う——違うの……そうではなく……ん、あぁっ！」

どう対応すればいいのか、ティア自身にもわからない。こうやって久しぶりに彼と戯れ合って、なんとも言えない感情が込み上げてくる。

「ルシアーノ様、ルシアーノさ、まぁぁ……！」

身体の奥がじくじくとする。引きつった足がシーツを蹴り、ティアは押し寄せてくる懊悩に身を焼かれるような気がした。

「こちらも、もうよさそうだな」

ぬかるむ秘所に触れられてしまう――自分がどれだけはしたないことになっているかわかるから、今の姿を彼には見られたくなかった。慌てたティアが身を反転させると、彼が素早く細腰をとらえる。

「やっ――あ、あぁっ……も、そんなの、しない、で――！」

「階下に声が響くとまずいだろう？」

ぎゅっと枕を抱え込んだティアに、背後から覆い被さるようにして彼は言った。たしかに階下には使用人達もいるわけで、彼らに昼間からこんな声を聞かれるわけにはいかない。この家の壁は、それほど厚くはないのだ。

「ん、んんー！」

顔を枕に埋め、高々と腰を突き上げた姿勢を取らされて、ティアは涙目になった。だが、いきなり秘められた部分に口づけられて、快感と恐怖混じりに身体を跳ね上げる。

今、その場所に口づけられたら自分がどんな淫らな反応をしてしまうのかわからなかった。

「んーっ、ん、ん、んんっ！」

必死に腰を揺するが、それも彼を煽っただけだった。重なり合った花弁を柔らかな舌がかき分け、触れられることを待ちかまえていたその場所は、次から次へと蜜を溢れさせる。

「ティア——すごく濡れてる。それにこんなにひくひくとして——俺が恋しかった？」

自分でもそこが震えているのがわかるから、そんな風に言わないでほしい。

「んんっ……ん、んんっ！」

そこに舌が伸ばされて、じんっという快感が身体の中を走り抜けていった。思いきり背中をそらし、その感覚を必死にこらえようとする。

「……んっ、ん、く、んぅ……！」

ルシアーノは容赦なくいたいけな芽を責め立てた。ティアが腰を引けないようにしっかりと押さえ込んでおいて、硬くなった芽を左へ右へと転がす。さらには、唇に挟んで震わせ、時には軽く吸い上げるなど悔しいほどティアの感じてしまう攻撃を繰り返してくる。

「ひゃっ、んっ、ん、ん、あぁっ！」

枕を口に押しあてて、ティアはだらしないほどに喘いだ。彼の舌が触れる度に、身体がぐずぐずに蕩けてしまいそうになる。淫芽を嬲る舌の動きが激しさを増し、ティアは容赦ない責めに何度も全身を強ばらせた。

「ルシアーノ様……あ、あぁ……や、ん、ん、んんぅ！」

遠慮がちに彼の名を呼んでみるものの、それはすぐに喘ぎに取って代わられてしまう。ルシアーノはわざと淫らな音を立てて、ティアを悩ませた。

舌でつつかれる度に、快感で全身がひくついてしまう。どうして、こんなにも気持ちよいのだろう。

目の前がちかちかし始めて、このままでは快感の波にさらわれてしまうことを知る。

「ん、く、ん、んんんんー！」

本能のままに身体を揺すって、ティアは彼の与えてくれる快感に全身で飛び込もうとする。今日はためらいも恥じらいも捨て去って、彼と思う存分愛し合いたい——そんな気がしたから。

「あっ……わ、私……も、う……！」

淫らに腰を震わせながら、ティアは告げた。小さな器官が送り込んでくる感覚が、どんどん全身に広がって、身体の自由を奪っていく。

最後の喘ぎはなんとか枕に吸い込ませたティアは、彼の舌の動きに合わせてなおも腰を踊らせた。

舌だけではもの足りなくなって、たらたらと蜜を滴らせて埋めてほしいと訴える花弁の間に指がぬるりと入り込んでくる。

「イくといい。このまま、ティアがイくところが見たい——ほら」

「あ——あぁぁぁっ！」

最奥から押し寄せてくる感覚にティアは身を任せた。指が送り込んでくる愉悦に流されるように、背中をそらして官能に酔いしれる。

高く腰を突き上げた姿勢でいるティアの背後で、衣擦れの音がした。淫らな花弁の間に熱い肉欲の証しが押しつけられ、ティアは小さく息を零す。

ぐっとルシアーノが押し入ってきて、ティアは再び喘いだ。

「あ、あ、ああっ――もっと、お願い――」

もう会えないのではないかと思っていた。こうしてルシアーノと再び触れ合うことができて、どんどん貪欲になってしまう。

「ルシアーノ様――ルシアーノ、さまぁ……」

ルシアーノの手が強く腰を掴む。奥を穿たれる度に、目もくらむような快感にティアの口からは信じられないような声が上がる。

「あっ……はぁっ、ルシアーノ様っ……あぁっ――!」

高い声と共にティアは身体を揺する。自分の腰が彼の動きに合わせて円を描き、彼女は快感の高みを目指して一気に駆け上がった。

ルシアーノの形を覚え込んだ媚壁は、彼を逃すまいときつく締め上げ、そしてあますところなく快感を受け入れる。

「ティア――愛してる、君の中は、気持ちいいな……」

「あ、あ、ルシアーノ様、もっと……好き……好き……な、の……」

奥を抉られ、その度に押し寄せる快感が強くなっていく。ティアはすすり泣いて、その

快感を全身で受け入れようとした。

「ルシアーノ様、あぁ……！」

彼がずんと深く突き入れた。あまりにも深い快感に、ティアの眦《まなじり》から涙が零れ落ちる。踊る腰は、彼の欲望を煽るだけではなく、ティア自身の快感も深めていく。

「あぁ――ルシアーノ様……あぁっ、いいっ――！」

「ティア――俺も、そろそろ限界……」

律動を強め、最後にぐっと突き入れられた。限界を迎え、ティアの最奥で、彼が弾けるのがわかる。

最後に何度か腰を揺すってから、ルシアーノが背後からティアに腕を回してくる。身体を密着させたまま、そっと中から出て行った。

「……愛してる」

ルシアーノは、ティアを抱き寄せると頬に唇を押しつけた。ティアは、小さく笑って彼の身体に腕を回す。彼がティアのところに帰ってきてくれた。それだけで幸せで、ティアの方からも彼の頬に口づける。

「私も……です……」

互いの頬に口づけ合っていたのが、やがて唇が重なり、唇を触れ合わせるキスを繰り返すうちに、それが深いものへと変化するまではさほど時間はかからなかった。

「ふっ……あっ……」

ティアは手を上げて、ルシアーノの首に巻きつけた。もっと深いところまでもう一度繋がりたいと思ってしまう。

「荷物を取って戻ってきたけど……誰かいないの？　ん、もう、このお家、一体どうなっているのかしら」

玄関から、ドローレスの呼ぶ声がする。戻ってきたドローレスに気づかなかったらしい使用人が慌てて出迎えに行く気配がした。

とてもではないけれど、人前に出られるような恰好ではないティアは、羽毛布団を引き寄せて真っ赤になる。

「……ちょっと待っててくれ。すぐに行く」

こちらは軍隊仕込み、三分で完全に人前に出られる恰好になったルシアーノが扉を開いて下へと叫ぶ。そして、ティアを引き寄せるとささやいた。

「なるべく早く下りておいで」

そのまま彼はさっさと部屋を出て行った。

「……今のままでは……顔なんて見せられるはずないのに……」

残されたティアのつぶやきは、誰の耳にも届くことはなかったのだ。

エピローグ

ティアとルシアーノが戻ったシドニア侯爵邸には、多数の人が出入りするようになっていた。

だが、ルシアーノもティアも、付き合う人は慎重に選んでいる。彼が爵位を失うかもしれないとなった時、そして無実の罪で投獄された時、波が引くように彼のもとを離れていった人が多数いたことを二人共忘れてはいなかったから。

久しぶりに戻ってきた屋敷は、あまりにも広くて落ち着かないように感じたが、数日もたつとそれにも慣れた。

そして今、ティアはルシアーノとドローレスと共に居間にいる。

「……それで、義母上はどうすると？」

「結婚式には出席してくださるそうです。これが最後の親の務めだ、とおっしゃってました」

「そうか……それなら、よかった」

手元に多数の花嫁衣装が描かれた見本帳を広げ、ルシアーノの向かい側に座ったティアは笑った。

義母は、ルシアーノの妹の嫁ぎ先で世話になっていて、もう戻ってくる気はないらしい。

今後は隠居生活ということになるのだろう。社交界で華やかな噂を振りまくのは変わらないのだろうが。

「昼間のお式でしょう？　だったら、襟はうんと高くしないと――」

ティアの隣に座っているのはドローレスだ。ルシアーノの従姉妹であり、海の向こうからやってきた彼女は、この国の女性にはない独特の雰囲気があって、憧れる男性も多いと聞く。

「いえ、夕方からのお式に変更になりました。だから、胸元が開いていてもいいのですが……白といっても、こんなにいろいろあるとは思いませんでした」

実を言うと、ティアは少々うんざりしていた。正式な結婚式がまだだから、と花嫁衣装を身につけて教会で式を挙げることになったまではよかった。でも、大貴族の結婚式が、こんなに大変なものだったとは思ってもいなかったのだ。

ティアの認識が甘かったと言えば甘かったのだ。軍隊の関係者に社交界で付き合いのある人。親戚関係は、当然義母だけではなく、ルシアーノの妹にその夫。さらには義弟の親戚も呼ばなければならないし、ティアの側も家族だけではなく親族も招待しなければならない。その上で、どこにも非礼がないようにしなければならないから、招待客は数百人規模になるという。

花嫁衣装一つとっても、適当というわけにはいかなくて、まずはドレスのデザインを決めるところからして大問題だった。

自分の容姿が多少派手に見えることは知っていたから、ドレスのデザインはできるだけ清楚に見えるものを選びたい。その上で綺麗に見えるならなおいい。

ならば——と張りきったのが仕立屋だ。今までに作った花嫁衣装全てのデザインが描かれた見本帳がティアの手元にある。スカートは細めにするか膨らませるか、袖はスカートと同じ布にするかレースにするか。襟ぐりは詰めた方が清楚に見えるだろうが、最近は胸元を広めに開けるのが流行らしい。

見本帳を元に要望を出し、新しくデザインしてもらうのだが、そもそもどんな要望を出せばいいのかわからない。

「どのデザインにするかも決められないし……、布も、こんなにもたくさんある中から選ぶとは思っていなかったから……目が回りそうです」

朝から見本帳を捲っていたティアは少々疲れ気味だ。自分に何が似合うのかがわからなくなってしまっている。

「……お友達のモニカの手も借りましょうよ。あの人、いつも素敵なドレスを着ているでしょう？」

「そうですね……モニカの手を借りれば絶対楽ですよね」

裁判の後、顔を合わせたドローレスとモニカはすっかり意気投合した。今ではティア抜きで会ったりもしているそうで、今日もこれからこちらに来ることになっている。

「だ――だめだ！　伯爵夫人を巻き込むのは禁止！」

慌てた様子でルシアーノが立ち上がる。何も事情を知らないドローレスはきょとんとした顔で彼を見ていたけれど、ティアは小さく噴き出した。

最近になって聞いたのだが、彼が急に親切になった裏には、モニカにドレスを借りて舞踏会に出席した夜、思いきり彼女に説教されたからだそうだ。その後、義母が離れに移ったことを考え合わせれば、何があったのかはなんとなく予想がつくけれど――その点については、もう何も言うまい。

(あの時は、きちんとお願いできなかった私が悪いのだけど)

とはいえ、モニカにはもう一度話をしておかなければ。今はとても大切にされている――と。きっと彼女もわかっているのだろうが、念のためだ。

「なら、ルシアーノ様が選んでくださいな。どれも素敵で、目移りしてしまうんです」

見本帳を抱えて、ティアはルシアーノの隣へと席を移った。真剣な顔で彼は見本帳に見入っている。ページを捲ろうとした彼の手がティアの手に触れ、ティアは心臓がどきりとするのを感じた。

「私、手紙を書かないといけないんだった。後はお二人でごゆっくり……伯爵夫人がお見えになる頃に戻ってくるわ」

気をきかせた風情でドローレスは、ウインクすると、立ち上がって出て行った。

女性の服装のことなどさっぱりわからないだろうに、ルシアーノは真面目な顔で手元に引き寄せた見本帳を眺めていた。

今、自分は幸せなのだと、ティアは不意に思った。見本帳から顔を上げた彼の顔が思いがけなく近くにある。慌てて顔をそらそうとするけれど、顎を掴んで引き寄せられた。

幸せなのだ、今。

そう実感しながら、ティアはキスを受け入れた。

あとがき

エバープリンセスでは二冊目となりました「破婚の条件 溺愛の理由」をお買い上げくださり、ありがとうございました。宇佐川ゆかりです。

あとがきを書いている現在ですが、一年前のちょうど今頃には、エバープリンセス創刊作品のうちの一冊となった「さらわれ令嬢と秘密の指輪」を書いていたことを思い出すと、時が流れるのは早いものだという気がしみじみとします……！

前作は王子様ヒーローと貴族令嬢ヒロインですが、今回は軍人（侯爵でもあります）と下級貴族ヒロインとなりました。

「戦地から帰ってきて、いきなり結婚してたって聞かされたらびっくりすると思うんですよね」という私の一言から始まった今作品でしたが、いかがだったでしょうか。

最初は騎士と貴族令嬢にしようかなんて話もしていたのですが、書類上の手続きあれこれを考えていたら、もう少し後の時代の方がいいんじゃないかなーという結論に至りました。

そんなわけで、ヒーローであるルシアーノは海軍所属です。とはいえ、戦争が終わって帰国してからのお話なので軍艦に乗っているシーンはありません。でも、正装が軍服というのは非常に萌えますね！　参考資料として、世界各国の軍服を眺めながら「かっこいいなあ」とため息をついていました。

侯爵家嫡男――と言いつつも、いずれ爵位を正統な後継者に返さなければならないであろうルシアーノの立場は複雑です。そのため、爵位を継承した後も海軍は辞めませんでした。彼がさっさと結婚していれば、今回のようなことにはならなかったのだと思うとちょっと考えものですね。

ヒロインのティアは派手な外見とはうらはらにしっかり者で家庭的なタイプです。そのため、結婚の申し込みが来た時に、玉の輿に浮かれることもなく、自分の立場としてはどうするべきなのか、ということを考える冷静さを持ち合わせています。

無事に侯爵家に入ったものの、肝心の夫からは何一つ音沙汰なかったら、ティアの立場としてはどうしたらいいのかわからないですよね。あげくの果てに、帰宅早々暴言を吐かれるわ、契約結婚をもちかけられるわ……普通なら切れてもいいところをぐっと呑み込んでしまうような辛抱強い子でもあります。

今回は、最初は違う方向を向いていた二人が、少しずつ歩み寄っていくお話です。ルシアーノのやり方はあまり上手ではないなーと作者本人が思っていたりするのですが、男性ばかりの中で生きてきた分、女性の気持ちには疎いんじゃないでしょうか。今後は全力でティアを幸せにしてやってほしいなと思います。

海の向こうからやってきた従姉妹ドローレスですが、しばらく侯爵邸に滞在予定です。時々、モニカと組んでルシアーノをちくちくやっていたりしますが、ティアがきちんと止めるので大丈夫です。ひょっとすると育った国に帰るのをやめるかもしれません。ルシアーノの友人達にモテモテなので、新しい恋人を作ってしまうかも。

イラストを担当してくださったのは、SHABON様です。以前からイラストを拝見する機会はしばしばあったのですが、そのたびに「ヒーローが色っぽいぃぃぃ！　ヒロインが可愛いぃぃぃ！」と身もだえしていました。今回、イラストを担当していただけて本当に嬉しかったです。

表紙の軍服を着たルシアーノとウエディングドレスを着たティアもすごく素敵なのですが、物語が進んでいくのに合わせて、少しずつ深まっていく二人の関係も美麗なイラストで表現してくださいました。特に後半のイラストは、本当に幸せ感いっぱいで見ているこちらも幸せな気持ちになりました。ありがとうございました！

担当編集者様、今回も大変お世話になりました。最後まで書き上げることができたのも、適切なご指導のおかげです。いつもありがとうございます。

そして、ここまでお付き合いくださいました読者の皆様、ありがとうございました。少しでも楽しんでいただけたら嬉しいです。

もしよかったら、ブログの方にも遊びに来ていただけたらと思います。更新頻度は控えめですが、いくつか作品が置いてあります。

最近では官能小説（こちらも女性向けですが）なんかも書いていますので、ブログに置いてある作品には乙女系より若干官能色が強くなったものも含まれていたりします。でも、「こんな話も書いてるんだ」と、楽しんでいただけるんじゃないかと思います。既刊の後日談だったり、短めのお話だったり、いろいろ置いていますのでのぞいていただけたら嬉しいです。

そしてまた、近いうちにお会いできますように！　ありがとうございました。

宇佐川ゆかり

ブログ　迷宮金魚　http://goldfishlabyrinth.blog.fc2.com/

Ever
Princess

●ファンレターの宛先●
〒153-0051　東京都目黒区上目黒 1-18-6　NMビル3F
オークラ出版　エバープリンセス編集部気付
宇佐川ゆかり 先生／SHABON 先生

破婚の条件 溺愛の理由《わけ》

2015年8月25日 初版発行

著　者	宇佐川ゆかり
発行人	長嶋うつぎ
発　行	株式会社オークラ出版
	〒153-0051　東京都目黒区上目黒 1-18-6　NMビル
営　業	TEL:03-3792-2411　FAX:03-3793-7048
編　集	TEL:03-3793-4939　FAX:03-5722-7626
郵便振替	00170-7-581612（加入者名：オークランド）
印　刷	図書印刷株式会社

Printed in Japan　ISBN978-4-7755-2447-3